Jo Pestum
Die Nikolaus-Entführung
Ein Weihnachtskrimi in 24 Kapiteln

Achtung!

Dies ist ein Weihnachtskrimi in 24 spannenden Kapiteln!
Er funktioniert wie ein Adventskalender:
Jeden Tag vom 1. bis zum 24. Dezember kannst du
ein „Türchen", das heißt also ein Kapitel, öffnen. Am
besten du nimmst dazu ein Lineal oder einen Brieföffner.
Probier's gleich mal aus!

Jo Pestum
studierte Malerei und arbeitete als Schriftsteller
sowie als Film-, Funk- und Fernsehautor. Er zählte zu den
bekanntesten deutschen Kinder- und Jugendbuchautoren.
Jo Pestum starb im August 2020 im Alter von 83 Jahren. Das
unvollendete Manuskript von *Die Nikolaus-Entführung*
schrieben seine Kinder Stefan Stumpe und Sarah Bosse
gemeinsam zu Ende.

Stefan Stumpe
Jahrgang 1963, studierte in Münster Germanistik, Geschichte
und Musikwissenschaften. Heute arbeitet er als Werbetexter
und lebt mit seiner Familie in der Nähe von Münster.

Sarah Bosse
Jahrgang 1966, studierte Germanistik, Skandinavistik
und Soziologie in Münster und hat als Kinder- und
Jugendbuchautorin über 130 Bücher veröffentlicht. Sie lebt
mit ihrem Sohn ebenfalls in der Nähe von Münster.

Weitere Weihnachtskrimis in 24 Kapiteln
von Jo Pestum im Arena Verlag:
Drei Weihnachts-Lamas in Gefahr (Band 60525)
Spuk in der Weihnachtswerkstatt (Band 60464)
Die Christbaumräuber (TB 06759)

Jo Pestum

zusammen mit Sarah Bosse und Stefan Stumpe

Die Nikolaus-Entführung

Ein Weihnachtskrimi in 24 Kapiteln
Mit Bildern von Dagmar Henze

Ein Verlag in der *westermann* GRUPPE

1. Auflage 2021
© 2021 Arena Verlag GmbH
Rottendorfer Str. 16, 97074 Würzburg
Alle Rechte vorbehalten

Umschlaggestaltung: Irina Smirnov
Coverillustration und Innenillustrationen: Dagmar Henze

Gesamtherstellung: Westermann Druck Zwickau GmbH
Printed in Germany

ISBN 978-3-401-60601-9

Besuche den Arena Verlag im Netz:
www.arena-verlag.de

1. Dezember

Das tanzende Licht

Weißer Nebel schwebte über Äckern und Wiesen. Heute wollte es gar nicht so richtig hell werden und in diesem diffusen grauen Licht sahen die bewaldeten Hügel dahinter aus wie dunkle Köpfe schlafender Riesen. Jedenfalls empfand Luc das so. Er presste die Stirn gegen die Fensterscheibe, um besser hinaus in die Landschaft schauen zu können, die an ihm vorbeizog. Der Dieselmotor der Regionalbahn brummte wie eine Hummel.

Nur wenige Fahrgäste saßen im Abteil. Zwei junge Frauen mit Beanies tippten auf ihren Smartphones herum, ein dicklicher Mann mit einer Zeitung vor dem Bauch stieß Schnarchtöne aus, eine alte Dame in schwarzer Kleidung hielt die Einkaufstasche auf ihrem Schoß fest umklammert und lutschte schmatzend ihr Bonbon. Luc freute sich mächtig auf das ganz lange Nikolaus-Wochenende und auf seinen Kumpel Harry, der außerdem auch sein Cousin war. Die Fahrt aus der Stadt bis nach Habichtsdorf dauerte kaum mehr als eine halbe Stunde.

Luc ließ seine Blicke über die Hügelkette schweifen. Das waren die Baumberge. Luc musste an die tollen Wanderungen denken, die er dort schon mit Harry gemacht hatte. Plötzlich stutzte er. In der grauen Nebelsuppe hatte er am letzten Waldgipfel etwas entdeckt: eine Art flackerndes Licht. Was hatte das zu bedeuten? Luc wusste, dass da oben in der einsamen Gegend niemand wohnte. Da gab es keine Bauernhöfe, keinen Gasthof, keine Ferienhäuschen, keinen Sendemast ... Luc sah, dass das Licht sich bewegte. Es zuckte, verschwand für Sekunden und blitzte wieder auf. Es war kein grelles Licht, sondern eher der Schein einer Lampe. Das Licht schien zu tanzen.

Das ist geheimnisvoll!, dachte Luc. Und ein bisschen spukig wirkte es auch. Luc spürte ein Kribbeln in den Fingern. Seine

Neugier war geweckt. Die Beobachtung musste Harry sofort erfahren. Wartete da vielleicht sogar ein Abenteuer auf die Freunde?

Laut tutete das Warnsignal, als der Zug die Ortsgrenze erreichte. Luc hatte sich seinen Schulrucksack übergeworfen. Harry wartete bereits am Bahnsteig. In seinem roten Parka war er schon von Weitem zu erkennen. Als sich die Tür zischend öffnete, sprang Luc in hohem Bogen nach draußen und hätte dabei fast seinen Cousin umgeworfen.

»Hi, Partner!«, brüllte Harry und reckte fröhlich den Arm hoch. »Schön, dich zu sehen, Alter.«

»Hey! Alles klar bei dir?« Luc stieß einen Freudenschrei aus, als sie sich abklatschten. »Endlich Wochenende. Ich dachte, in Habichtsdorf liegt schon Schnee.«

»Und ich dachte, du würdest Schnee mitbringen.«

»Nee, bloß Schulklamotten«, sagte Luc, »und Zahnbürste. Ich bin ja sofort nach der fünften Stunde los.«

Die Regionalbahn rollte weiter. Die beiden Jungen joggten los. Kalte Nässe schlug ihnen entgegen. Bis zum Haus der Kattners war es nicht weit. Tauben hüpften auf die Straße und flatterten erst auf, wenn ein Auto sie schon fast überfahren hatte.

»Vorhin hab ich was Komisches gesehen!«, rief Luc im Laufen. »Da tanzte so ein spukiges Licht oben am Waldrand.« Er zeigte in die Richtung. »Hast du 'ne Ahnung, was das sein könnte? Mir kam's auf jeden Fall seltsam vor.«

Harry winkte ab. »Oben am Buchenberg? Da ist doch eigentlich völlig tote Hose. Das Gebiet ist abgesperrt, da kann man gar nicht rein. Eine verfallene Hütte steht da, hab ich mal gehört. Ich war aber noch nie dort.«

»Mensch, Harry, ich seh doch keine Gespenster!«

»Okay, okay! Vielleicht verbrennt da ein Waldarbeiter vertrocknete Äste oder so. Ich hab jetzt erst mal Hunger. Wir haben mit dem Mittagessen extra auf dich gewartet.«

Über dem Schaufenster stand in großen Buchstaben:

KATTNER-OPTIK – BRILLENMODE, AUGENOPTIK, KON-
TAKTLINSEN

Über dem Laden und der Werkstatt war die Wohnung der Familie Kattner. Tante Kerstin stand schon auf der Treppe und umarmte Luc so inbrünstig, dass ihm beinahe die Luft wegblieb. »Lucas Lodemann, mein Lieblingsneffe! Klasse, dass du uns mal wieder besuchst. Wie geht es dir? Bist du gesund und munter?«

»N-n-nein, Tante Kerstin«, stammelte Luc. »Du erwürgst mich ja!«

Großes Gelächter. Luc ließ seinen Rucksack auf den Boden plumpsen und kroch aus seinem Kapuzenanorak. Er schnupperte. Feiner Duft drang aus der Küche.

Onkel Georg mit bunter Schürze vor dem Bauch erschien in der Diele. »Hopp, hopp, an den Tisch! Es gibt Apfelpfannkuchen und Speckpfannkuchen. Magst du doch, ja?«

»Und ob!«, rief Luc. »Ich kann mindestens ein Dutzend verputzen.«

Der Onkel klopfte ihm auf die Schulter. »Wie kommt's, dass du heute schon hier bist? Hast du morgen keine Schule?«

»Eben nicht«, grinste Luc. »Praktischerweise ist die Heizungsanlage in der Schule komplett ausgefallen. Große Reparatur morgen. Langes Wochenende. Heute Nachmittag und Freitag, Samstag und Sonntag. Echt cool!«

»Du hast's gut. Ich muss morgen noch mal in die Schule«, erklärte Harry. »Lasst uns endlich futtern!«

Die Pfannkuchen schmeckten erstklassig. Luc und Harry veranstalteten ein Wettessen. Luc gewann 8:7. Und hinterher servierte Onkel Georg noch süßen Reis mit Pflaumenkompott.

»Uff!«, stöhnte Luc. »Geht in Deckung, wenn ich platze.«

Da fiel ihm wieder ein, was er seinen Onkel hatte fragen wollen. »Sag mal, Georg, du kennst dich doch in den Baumbergen aus: Ich hab vom Zug aus so ein merkwürdiges Licht gesehen, das flackerte oben am Buchenberg. Das tanzte hin und her, das

Licht. Total spukig. Hast du 'ne Ahnung, was das sein könnte? Harry meint, da oben am Hügel spielt sich nichts ab. Aber mir kam das komisch vor.«

Onkel Georg lachte. »Harry hat recht. Nach dem Orkan vor dreißig Jahren ist der Wald dort oben wieder aufgeforstet worden. Aber damit Spaziergänger und Pilzsucher die kleinen Pflänzchen nicht niedertrampeln oder Rehe sie auffressen, hat die Forstverwaltung das ganze Gelände eingezäunt.«

»Harry hat was von einer verfallenen Hütte erzählt«, sagte Luc. »Vielleicht hat dort jemand eine Lampe angezündet.«

»Hütte ist das falsche Wort.« Der Onkel schmunzelte. »Was du Hütte nennst, das war einmal das Jagdschlösschen der Barone von Quickburg. Im neunzehnten Jahrhundert. Dahin haben sie vermutlich ihre reichen Geschäftsfreunde zur Treibjagd und zu abendlichen Besäufnissen eingeladen. Aber das Schlösschen ist wohl nur noch eine Ruine. Ich wüsste nicht, warum da jemand hingehen sollte.« Onkel Georg stand auf. »Wir müssen den Laden öffnen. Mittagspause ist vorbei.«

Tante Kerstin rief aus dem Wohnzimmer: »Luc, willst du nicht mal eben deinen Eltern Bescheid geben, dass du gut angekommen bist? Und vergiss nicht, Grüße von uns zu bestellen!«

Luc schickte eine Nachricht nach Hause: *Bin heil angekommen. Alle Kattners lassen grüßen. Hier regnet es.*

Kerstin und Georg Kattner gingen nach unten in den Laden und in die Werkstatt. Die beiden Jungen räumten den Tisch ab und stellten Geschirr und Bestecke in die Spülmaschine.

»Und was unternehmen wir jetzt?«, fragte Luc.

»Jetzt bringen wir deine Sachen in mein Zimmer. Und dann gehen wir erst mal zu Mirja und Yannick rüber. Die werden sich freuen, dich mal wieder leibhaftig zu sehen.«

Ob Luc immer noch an das tanzende Licht denkt?
Lies morgen weiter!

2. Dezember

Warum lügt Mirja?

Seltsam! Alles war so still. Wenn die Eltern Wenzel zur Arbeit waren und Yannick und Mirja das Haus für sich hatten, war sonst immer die Luft voll dröhnender Musik. Hip-Hop war bei ihnen angesagt. Aber jetzt war alles still im Haus und ums Haus herum.

Harry presste den Daumen noch einmal auf den Klingelknopf. »Die müssen doch da sein! Haben die Pudding in den Ohren?«

Das Haus der Wenzels lag kaum hundert Meter entfernt auf der anderen Straßenseite. Luc und Harry waren durch den Nieselregen hinübergespurtet. Yannick und Harry waren Klassenkameraden und dazu dick befreundet. Harry hatte sich nach der Schule noch von den beiden verabschiedet. Und ausgerechnet jetzt sollten sie nicht zu Hause sein?

Harry bullerte mit der Faust gegen die Tür.

»Hör schon auf!«, sagte Luc. »Das bringt doch nichts. Sie sind halt nicht da, hängen vielleicht bei Opa Charly rum. Sollen wir's dort mal …« Weiter kam Luc nicht.

Denn in diesem Augenblick öffnete sich die Haustür einen Spaltbreit. Mirjas Gesicht erschien.

»Na endlich!«, stöhnte Harry. »Habt ihr gepennt?«

»N-n-nein! W-w-wir haben Mathe geübt. Hey, Harry! Wen hast du denn da mitgebracht?« Mirja riss die Haustür weit auf und rief über die Schulter: »Yannick, komm mal schnell! Überraschung!«

Yannick kam zögernd in die Diele. »Wow, Luc! Super, dass du uns endlich mal wieder im öden Habichtsdorf besuchst.« So richtig begeistert klang er allerdings nicht. »Wollt ihr reinkommen?«

Was für eine blöde Frage!

Harry und Luc folgten den Geschwistern ins Wohnzimmer. Mirja raffte hastig ein paar beschriebene Blätter zusammen und strich sich die langen Haarsträhnen aus dem Gesicht. Luc bemerkte mit scharfem Detektivblick, dass die Haare an den Spitzen nass waren. Warum war Mirja so nervös?

Yannick wandte sich an Luc. »Du warst schon fast ein halbes Jahr nicht mehr hier. Hab ich recht, Alter?«

Luc schüttelte den Kopf. »Ich war doch in den Herbstferien noch zu Besuch. Weißt du nicht mehr? Wir haben bei Opa Charly Bogenschießen geübt.«

»Doch, klar!« Yannick klatschte sich vor die Stirn. »Aber du bist in der Zeit mindestens zehn Zentimeter gewachsen, und ich hab dich trotzdem wiedererkannt.« Yannick kicherte albern über seinen doofen Witz.

Luc war enttäuscht von diesem Wiedersehen. Keine Umarmung, kein Schulterklopfen. Und dazu diese merkwürdige, fast befremdliche Stimmung! Irgendwas stimmte nicht.

»Luc hat ein neues Computerspiel mitgebracht«, erklärte Harry. »Wollen wir uns das nachher mal zusammen reinziehen?«

»Klingt prima – eigentlich.« Mirja druckste herum. »Aber ich habe Yannick versprochen, mit ihm Mathe zu üben.« Sie breitete die Arme aus und zuckte mit den Schultern. »Sorry!«

Jetzt platzte Harry fast. »Seit wann braucht Yannick Nachhilfe in Mathe? Der ist doch besser als die meisten aus der Klasse. Außerdem haben wir morgen gar kein Mathe.«

Yannick guckte zur Decke. »Es ist mehr so grundsätzlich, versteht ihr?«

»Nein!«, riefen Luc und Harry gleichzeitig.

Mirja kam ihrem Bruder zu Hilfe. »Da ist noch was anderes. Bisschen peinlich, ihr dürft es nicht weitersagen! Wir müssen jede Menge Weihnachtskarten schreiben, weil unsere Eltern keine Grüße per Mail verschicken wollen. Zu unpersönlich. Also gibt es Karten mit Engelscharen und Krippchen und den

Heiligen Drei Königen und natürlich *Fröhliche Weihnachten!* in goldener Schnörkelschrift. Yannick und ich, wir haben die ganze Schreiberei am Hals. Mit Füller.« Mirja haute sich mit den Fäusten gegen die Stirn.

Harry sagte: »Kitschige Weihnachtskarten sind doch lustig.«

»Du musst sie ja nicht schreiben«, knurrte Yannick.

Luc hatte bemerkt, dass die Geschwister auf Socken rumliefen. »Kann ich die Karten mal sehen?«, fragte er.

Mirja winkte ab. »Die sind noch verpackt. Yannick und ich machen uns erst mal was zu essen. Sehen wir uns morgen?«

Das war eindeutig. Es hieß: Haut endlich ab! Yannick begleitete Harry und Luc bis zur Haustür. Luc nahm mit einem Seitenblick wahr, dass in der Diele die Steppjacken von Mirja und Yannick an den Garderobenhaken hingen. Sie waren klatschnass. Und darunter standen die Schuhe, beschmiert mit Erde und Lehm.

»Dann statten wir eben Opa Charly einen Besuch ab«, sagte Harry und hob zum Abschied kurz die Hand. »Schade, dass ihr keine Zeit habt.«

Yannick stand im Türrahmen und schaute noch schuldbewusster. »Den Besuch bei Opa Charly könnt ihr knicken. Der macht mit seinem Kegelklub 'ne Bustour an die Mosel. Ich glaube, der kommt erst am Samstag zurück.« An Luc gewandt fügte er hinzu: »Er ist übrigens ins Gartenhaus umgezogen. Das ganze Anwesen und das Haupthaus gehören jetzt seiner Enkelin und ihrem Mann.« Dann zog er die Tür zu.

Luc und Harry liefen zur Bushaltestelle und stellten sich im Wartehäuschen unter. Der Regen hatte zwar nachgelassen, doch der nasse Wind brannte im Gesicht. Ein dicker Trecker mit einem Anhänger voller Kartoffelsäcke donnerte vorbei.

»Die beiden waren ja total komisch!«, schimpfte Harry.

»Und dass Mirja uns so derbe belogen hat!« Luc hielt die Hand hoch und zählte an den Fingern ab: »Erstens hatte Mirja nasse Haarspitzen, zweitens liefen beide auf Socken rum, drittens hingen an der Garderobe nasse Jacken, viertens standen da vollgeschlammte Schuhe.«

Harry schaute seinen Cousin verblüfft an. »Sagt dir das deine kriminalistische Logik?«

»Ganz genau!« Luc stemmte die Hände in die Seiten. »Yannick und Mirja haben nicht Mathe geübt, das war eine bekloppte Ausrede. Und den Quatsch mit den Weihnachtskarten kannst du auch vergessen. Was schließen wir daraus, Partner?«

»Dass sie gerade erst nach Hause gekommen waren, als wir geklingelt haben. Aber warum schwindeln sie uns an? Sie sind doch unsere Freunde!«

»Vielleicht, weil sie ein dickes Problem haben«, sagte Luc und dachte in diesem Moment ganz plötzlich wieder an das tanzende Licht. »Vielleicht könnten wir ihnen helfen, wenn sie irgendwie in Schwierigkeiten sind.«

»Aber erst müssen sie mal mit der Sprache rausrücken«, knurrte Harry. »Vor guten Freunden hat man keine Geheimnisse.«

Das sah Luc genauso. »Kann ja sein, dass sie morgen mit uns reden. Wenn sie wieder klar im Kopf sind. Komm, lass uns trotzdem mal zu den Gänsen gehen, auch wenn Opa Charly auf Kegeltour ist.«

Gemeinsam machten sie sich auf den Weg zum Ortsrand. Lange Jahre hatte Opa Charly dort eine Baumschule betrieben, aber dazu fühlte er sich nun zu alt. Eigentlich hieß der alte Herr Karl Merx, aber warum er von allen *Opa Charly* genannt wurde, wusste niemand mehr so recht. Möglicherweise lag es daran, dass er seit Ewigkeiten im Sommer einen Cowboyhut trug und im Winter eine Trappermütze aus Pelz.

Schade, dass er nicht zu Hause ist, dachte Luc. Ich hätte ihm gern mal wieder Hallo gesagt.

Wartet die nächste Überraschung auf Harry und Luc?
Lies morgen weiter!

3. Dezember

Die Fahrt durch den Nebel

Gustav Gans war schlecht gelaunt. Als die beiden Jungen erschienen, war er wie mit Düsenantrieb an den Zaun geflattert, schnatterte wie verrückt und reckte böse den Hals. Dann kamen auch die sechs Gänse angewetzt und verstärkten das Kriegsgeschrei des mächtigen Ganters.

»Häh, spinnt ihr?«, schrie Harry. »Drehen denn jetzt alle durch? Aufhören, sofort aufhören! Ihr kennt uns doch.«

Auch Luc verstand das nicht. Eigentlich waren Gustav Gans und seine Gänsedamen friedliche Tiere und ließen sich sogar streicheln. Irgendetwas musste geschehen sein, dass sie auf einmal so aggressiv waren. »Beruhigt euch, wir tun euch nichts.«

Aber die Gänseschar beruhigte sich nicht. Erst als die Hintertür des Wohnhauses aufflog und eine junge Frau mit Lederweste erschien, ließ das aufgeregte Geschnatter ein wenig nach. Das Hühnervölkchen, mit dem sich die Gänse das Gatter teilten, ließ sich dagegen von dem Lärm nicht beirren und pickte weiter im nassen Gras herum.

Die junge Frau schwenkte einen hölzernen Kochlöffel. Wollte sie damit die Gänse zurücktreiben oder die Besucher bedrohen? »Was habt ihr hier zu suchen?«, rief sie schrill.

Harry winkte ihr zu. »Bleib mal locker, Marion! Ich bin's, Harry! Und das ist mein Cousin Lucas. Kannst Luc zu ihm sagen.«

»Sorry, hab dich unter deiner Kapuze gar nicht erkannt. Aber wenn ihr zu Opa Charly wollt, dann kommt ihr umsonst. Er ist mit zwei alten Freunden zum Skatturnier nach Rehberg gefahren. Glaube ich jedenfalls.«

Harry zeigte zu dem uralten Ford Capri, der im Carport stand. »Aber sein Wagen ist doch hier!«

Marion breitete die Arme aus. »Wahrscheinlich haben sie ein

Taxi genommen. Beim Kartenkloppen geht ja das eine und andere Bierchen über den Tisch. Ich schätze, es wird spät, bis er wiederkommt.«

Luc begriff: Die junge Frau, die Marion hieß, war Opa Charlys Enkelin und bewohnte nun mit ihrem Mann das große Haus.

Luc trat nahe an Harry heran und zischte ihm durch den Lärm ins Ohr: »Komisch! Yannick und Mirja haben behauptet, Opa Charly sei zum Kegeln an der Mosel, aber Marion sagt was von einem Skatturnier in Rehberg. Wer hat recht – oder hat keiner recht?«

»Das frage ich mich auch, Luc! Nur eins ist klar, nämlich, dass Opa Charly nicht da ist. Die Sache wird immer verrückter«, erwiderte Harry.

Marion schüttelte sich. »Mir ist kalt. Ich komme gerade erst von der Arbeit und muss unbedingt was essen. Ciao!« Sie verschwand ins Haus.

Der Gänserich Gustav lief immer noch aufgeregt umher, aber sein Geschnatter ließ nach. Dann watschelte er zum großen Geflügelstall, dessen Tür geöffnet war. Die Gänse folgten ihm brav. Die Jungen wussten, dass Opa Charlys Geflügel das ganze Jahr über nach Belieben rein- und rauskonnte.

Ja, der alte Mann war wirklich verliebt in seine gefiederte Schar. Besonders Gustav Gans war für ihn wie ein Kumpel. Wenn er über den Hühnerhof ging, folgte ihm der Ganter Schritt für Schritt und die sechs Gänse liefen im Gänsemarsch hinterher. Opa Charly konnte im Kreis laufen und Achten drehen, er konnte im Slalom trippeln oder im Zickzack hüpfen: Die Gänseschar folgte exakt all seinen Bewegungen. Und wenn er mit Gustav Gans und den Gänsedamen plapperte, dann klang es wie eine Debatte in einer Fernseh-Talkshow. Man verstand nichts, aber es hörte sich herrlich an.

»Die Gänse vermissen Opa Charly«, sagte Harry. »Was mag da bloß passiert sein, dass die so gereizt sind?«

Luc und Harry schlenderten zum Gartenhaus hinüber, in

dem Opa Charly inzwischen wohnte. Es war ein hübsches, robustes Holzhaus. Die Fenstervorhänge waren geschlossen.

Plötzlich blieb Luc stehen und zeigte auf die Steinplatten vor der Haustür. Da waren dreckige Reifenspuren zu sehen, anscheinend von einem Fahrrad. Rätselhaft war nur, dass auf den nassen Platten drei Reifenspuren exakt parallel nebeneinander verliefen.

»Mann, Harry, was hat denn das zu bedeuten? Fahrräder haben ein Vorderrad und ein Hinterrad, aber nicht drei Nebeneinanderräder.«

»Blitzmerker!« Harry grinste und ging in die Hocke. »Hier – siehst du? Die beiden äußeren Spuren sehen anders aus als die mittlere. Was für ein seltsames Fahrzeug ist das denn gewesen?«

Luc hatte sein Smartphone aus der Hosentasche geholt und machte Bilder. »Außen also zwei breite Spuren, exakt dazwischen noch eine schmalere Spur mit anderem Profil«, murmelte er. »Wirklich rätselhaft. Ein normales Fahrrad ist hier jedenfalls nicht entlanggerollt.«

»Vielleicht ein Riesendreirad!«, sagte Harry. »Das würde dazu passen.«

Die Jungen folgten den Spuren, bis sie im Gras nicht mehr zu erkennen waren. Da waren auch ein paar erdige Flecke, vielleicht von Schuhen, aber das war nicht sicher.

»Wie alt können die Spuren sein?«, fragte Harry.

Luc zuckte die Schultern. »Bei der feuchten Luft: drei, vier Stunden?«

Harry staunte. »Aber was schließen wir daraus, Herr Kommissar?«

»Nichts.« Luc blies die Backen auf. »Wir stehen total auf dem Schlauch. Erst müssen wir mal unsere grauen Zellen aktivieren.«

»Und was machen wir solange, bis die aktiviert sind?« Harry rieb sich mit dem Handschuh Nebeltropfen aus dem Gesicht.

»Das tanzende Licht!«, durchzuckte es Luc plötzlich. Und er hatte irgendwie das Gefühl, dass das mehr als eine spontane

Idee war. »Lass uns zum Buchenberg rauflaufen. Das Licht von heute Mittag geht mir nicht aus dem Kopf.«

»Bei dem Sauwetter?«

Luc blieb cool. »Seit wann bist du denn so 'n Weichei?«

Das ließ Harry nicht auf sich sitzen. »Okay, okay! Dann suchen wir eben nach deinem Lichtgefunzel. Wahrscheinlich hast du das sowieso bloß geträumt. Aber wir *laufen* nicht, wir *fahren*.«

»Mit Fahrrädern?«

»Wir schnappen uns die Pedelecs von meinen Eltern. Kannst du E-Bike fahren?«

Luc trommelte sich mit den Fäusten auf die Brust. »Ich kann alles fahren, was Räder hat.«

»Angeber!« Harry trabte los.

Das Geschnatter und Gefauche der sieben Lieblingsgänse von Opa Charly war verstummt. Der Wind jaulte. Der nebelige Dunst quirlte in milchigen Schlieren.

Eine Viertelstunde später waren die Jungs mit den E-Bikes auf dem Weg. Raus aus Habichtsdorf. Nur wenige Autos waren auf der Landstraße unterwegs. Wasser spritzte, wenn eines davon an ihnen vorbeifuhr. Unbeirrt düsten die beiden Biker die steile Straße hinauf und bogen in einen asphaltierten Feldweg ein. Hier oben war die Luft klarer. Der dunkle Buchenberg ragte bedrohlich vor den beiden Erkundern auf. An hellen Tagen spazierten hier Naturfreunde, jetzt war die Landschaft merkwürdig still.

Sie versteckten die E-Bikes hinter Ginsterbüschen. Es gab zwar einen matschigen Waldweg den Hügel hinauf, aber Harry kannte eine Abkürzung quer durchs Gebüsch. Die Jungen zuckten zusammen, als plötzlich drei Rehe vor ihnen aufsprangen und im Unterholz verschwanden. Dann standen sie vor einem hohen Maschendrahtzaun mit spitzen Stacheln obendrauf.

Ist hier Schluss für Luc und Harry?
Lies morgen weiter!

4. Dezember

Das Haus vom Nikolaus

Harry und Luc waren nicht überrascht. Georg Kattner hatte ihnen ja von dem Drahtzaun um das neu bepflanzte Gebiet erzählt. Aber irgendwo in dieser Baumschonung mussten sich die Reste von dem ehemaligen Jagdschlösschen der Barone von Quickburg befinden. Ein Trümmerhaufen wahrscheinlich, vielleicht aber sogar eine Ruine.

»Klettern können wir vergessen«, sagte Harry und zeigte zu den spitzen Stacheln hinauf, »aber vielleicht ist der alte Zaun irgendwo eingerissen.«

»Es muss doch ein Tor geben«, sagte Luc, »'ne Zufahrt für Forstfahrzeuge oder so. Los, machen wir uns auf die Suche! Ich geh nach rechts am Zaun entlang und du nach links. Wer was entdeckt, der ...«

Das hörte Harry nicht mehr, er war schon unterwegs.

Auch Luc stapfte los durch Farngestrüpp, über glitschiges Moos und Heidekraut. Dass ihm Holunderzweige ins Gesicht peitschten und Brombeerranken an ihm zerrten, machte ihm nichts aus. Er war jetzt ein Fährtensucher, ein Pfadfinder, ein Scout im wilden Westen. Über ihm rauschten die Baumwipfel. Immer am Zaun entlang!

Und Luc hatte Erfolg. Er erreichte einen freien Platz. Hier endete der Waldweg, der sich von unten durch das Gebüsch schlängelte. Luc sah eine ziemlich verrottete Sitzbank und einen leeren Abfallkorb. Vor allem aber war da ein Gittertor im Zaun mit einem verkratzten Emailleschild:

HALT!
Betreten der Aufforstungsanlage strengstens verboten!
Die Forstverwaltung

Luc zückte sein Smartphone, rief Harry an und verkündete triumphierend: »Komm her, Partner, ich hab das Tor gefunden!« Dann ließ Luc den Blick schweifen. Der kleine Wendekreis wurde vermutlich von der Forstverwaltung genutzt, aber der Waldboden war jetzt grasbewachsen und mit Laub bedeckt. Luc glaubte, da und dort undeutlich Spuren von Rädern oder Schuhabdrücke zu erahnen, doch das bildete er sich vermutlich nur ein. Die armdicken Gitterstäbe des Tores waren angerostet. Eigentlich wirkte alles so, als sei hier seit Langem kein Mensch mehr gewesen. Aber Luc dachte an das tanzende Licht.

Dann kam Harry völlig außer Atem angehetzt. »Na super!« Er rüttelte heftig am Gittertor. »Aber wie sollen wir da rüber?« Er trat gegen die Eisenstäbe des Tores, das sicher an die drei Meter hoch und genau wie der lange Zaun oben mit Stacheldraht abgesichert war. »Die haben's ja verdammt spannend gemacht! Als ob sie den Goldschatz von Fort Knox sichern müssten. Dabei geht es doch nur um kleine Bäumchen.« Harry war sauer.

Luc schaute sich das Torschloss genauer an. Es war ein altmodisches Schloss mit einem großen Schlüsselloch. Luc leuchtete mit seinem Handy. Und dann machte er eine Entdeckung: Auf dem Rostbelag um das Schlüsselloch waren frische Kratzspuren zu sehen! »Hey, guck dir das an, Harry!«, rief Luc aufgeregt. »Da hat jemand versucht, das Schloss zu knacken.«

Harry machte große Augen. »Ich schätze, mit 'nem Dietrich oder einem gebogenen Nagel oder so!«

»Vielleicht hatte er einen Nachschlüssel oder ein richtiges Einbrecherwerkzeug wie die Diebe.« Luc boxte gegen das Türschloss. Und dann passierte es: Das Gittertor sprang auf.

»Das gibt's ja nicht!« Harry fasste sich an den Kopf. »Wir sind nicht die Ersten, die da reinwollen. Aber warum …«

Luc unterbrach ihn. »Die Kratzspuren sind neu. Von vorgestern oder gestern – oder heute.« Er flüsterte auf einmal, obwohl es dafür keinen Grund gab. »Gehen wir jetzt weiter?«

»Logo. Darum sind wir ja gekommen. Wenn du da wirklich ein Licht gesehen hast, will ich es genau wissen.«

»Harry, ich *habe* es gesehen!«

Also drangen die zwei weiter in das unbekannte Gelände vor. Buchen, Eichen, Ahorn, Eschen … Da waren auch Sorten, die ihnen unbekannt waren. Manche Bäume waren schon groß wie Laternenmasten, andere erst hüfthoch und noch kleiner.

Harry ging vor. Quer durch die Baumreihen durch Disteln, scharfkantige Gräser und Brennnesselgestrüpp. Vögel flatterten auf und kreischten. Luc meinte, es seien Dohlen oder Krähen, aber Harry tippte auf Wildtauben. Die Jungen stapften zügig bergan.

»Wenn du das Licht von der Bahnlinie aus gesehen hast, dann müssen wir auf die Westseite«, keuchte Harry. »Tempo! Es ist schon ganz schön dunkel.«

Dicke Wolkenbänke trieben mit dem Wind. Hin und wieder hielten Luc und Harry an und ließen den Blick schweifen. War irgendwo zwischen den Baumstämmen Lampenschein zu entdecken?

Nach wenigen Metern blieben sie plötzlich wie angewurzelt stehen. Die Überraschung hatte ihnen die Sprache verschlagen.

»Boooh, ein Spukschloss!«, wisperte Luc aufgeregt.

»Ei-ei-eine Ruine!« Harry hatte Lucs Arm gepackt. »Wir haben sie gefunden.«

Keine hundert Schritte entfernt, sahen sie am Hang das rätselhafte Haus. Die Umrisse standen scharf wie ein schwarzer Scherenschnitt vor dem tintenblauen Himmel: zackige Mauerreste, ein Stück Wand mit zwei Fensterhöhlen, Trümmer vom eingestürzten Dach und über allem ein kleiner Turm ohne Spitze.

»Ein Spukschloss!«, wiederholte Luc staunend.

»Wie in einem Gespensterfilm.« Harry lachte leise, aber es klang nicht echt. »Warum hab ich nicht mein Fernglas mitgenommen, verdammt!«

Sie hatten sich vorgestellt, dass die Reste vom ehemaligen Jagdschlösschen tatsächlich nur aus Steinhaufen und vielleicht ein paar Mauerbrocken bestünden, doch dass sie auf einmal eine Ruine mit einem fast erhaltenen Türmchen und Fensteröffnungen vor sich sahen, machte das Abenteuer perfekt.

Der Wind blies stärker und fetzte welkes Herbstlaub aus den Buchenwipfeln. Zwischen die Regentropfen hatten sich einzelne Schneeflocken gemischt.

»Ganz schön unheimlich«, knurrte Luc. »Ich glaube ...«

Was er glaubte, konnte er nicht mehr sagen. Gebannt starrten die Jungen zu der Fensteröffnung hinauf, hinter der es plötzlich hell wurde. Lampenschein wanderte im Gemäuer herum. War das etwa das tanzende Licht? Nein, das sah irgendwie anders aus, fand Luc.

»D-d-da ist jemand drin!« Harry duckte sich unwillkürlich.

Für einen kurzen Augenblick schien es, als ob sich eine Gestalt hinter der Fensteröffnung bewegte. Eine Gestalt mit einer hohen Mütze auf dem Kopf.

»War das ein Bluff?«, fragte Harry heiser. »Oder haben wir das wirklich gesehen?«

Luc gluckste albern: »Das war der Nikolaus.«

Harry zeigte mit zittrigen Fingern auf die Ruine. »Das ist das Haus vom Nikolaus.« Er gab sich einen Ruck. »Ein spannender Fall, genau richtig für Detektive.«

»Du sagst es, Partner. Ein Fall für uns.«

Das wandernde Licht wurde schwächer. Luc und Harry waren sich schnell einig: Wir kommen wieder. Morgen, wenn es heller ist, beginnen wir zu recherchieren. Wir fürchten uns nicht vor einem komischen Nikolaus. Aber jetzt war es bereits zu dunkel. Außerdem brauchten sie einen taktischen Plan.

Ist das ein Fall für Detektive?
Lies morgen weiter!

5. Dezember

Die Detektive kombinieren

Bergab ging es schneller. Im Halbdunkel hüpften, stolperten und schlängelten Harry und Luc sich durch die Baumschonung zum Gittertor hinunter. Der Regen rauschte, der Boden war glitschig, niemand war zu sehen. Luc zog das Tor hinter sich zu. Das Schloss schnappte zwar ein, doch das Tor ließ sich mühelos wieder aufstoßen. Die unbekannten Einbrecher hatten den Mechanismus irgendwie blockiert.

Jetzt blieben die Jungen auf dem Waldweg und nahmen nicht wieder die Abkürzung durch das Dickicht. Sie zogen die Pedelecs aus dem Ginstergebüsch und fuhren zurück nach Habichtsdorf. Auf der Landstraße herrschte reger Verkehr. Viele Leute, die in der Stadt arbeiteten, fuhren heim in die umliegenden Dörfer.

Das Schild KATTNER-OPTIK leuchtete milchig. Schnell schoben Harry und Luc die E-Bikes zurück in den Schuppen hinterm Haus. Harrys Eltern durften nichts merken. Die Jungen stapften durch die Hintertür ins Haus und pellten sich erst einmal aus den klatschnassen Klamotten. Dann zogen sie auch die verdreckten Schuhe aus und stellten sie in der Diele unter der Garderobe ab. Schon bildeten sich kleine Pfützen.

»Kommt dir das bekannt vor, Partner?«, fragte Luc.

»Was denn?«

»Wir laufen auf Socken rum, am Haken hängen unsere nassen Jacken, darunter stehen die verschlammten Schuhe …«

Harry begriff. »Du meinst … Ja, es macht klick! Genau wie bei Mirja und Yannick. Das kann doch kein Zufall sein!«

»Cool bleiben«, sagte Luc. »Wir dürfen keine voreiligen Schlüsse ziehen, aber das sind immerhin Fakten, die für uns wichtig sein könnten. Und das merkwürdige Verhalten der beiden war auch verdächtig.«

»Ich muss jetzt unbedingt was essen, sonst streikt mein Gehirn«, erklärte Harry. »Einen Zentner Currywurst oder so.«

Luc sah das ähnlich. Nach der anstrengenden Tour brauchten sie neue Energie. Im Kühlschrank fanden sie Dosen mit Knackwürsten. Nur heiß machen, Brotscheiben dazu und ganz viel Senf. Und jeder schlürfte eine Flasche Sprudelwasser leer.

Gestärkt hockten sie sich in Harrys Zimmer auf die Luftmatratzen und begannen ihre Beratung. Nur wenige Stunden war es her, dass Luc vom Zug aus zufällig das tanzende Licht gesehen hatte, und schon waren sie in einen rätselhaften Fall verwickelt. Fragen über Fragen:

Welche Rollen spielten Mirja und Yannick in diesem Verwirrspiel? Sie wussten etwas Wichtiges, wollten aber auf keinen Fall darüber reden. Oder waren sie selbst sogar an der Sache beteiligt?

Was hatte das Haus vom Nikolaus damit zu tun? Gab es überhaupt einen Zusammenhang? War das bloß ein verrückter Gedanke oder konnte es tatsächlich sein, dass auch Mirja und ihr Bruder auf dem Buchenberg gewesen waren?

Wo befand sich Opa Charly wirklich? War er, wie Yannick und Mirja behaupteten, mit seinem Kegelclub an die Mosel gereist? Oder stimmte das, was seine Enkelin Marion erklärt hatte, dass er mit Freunden bei einem Skatturnier im Nachbarort war? Oder stimmte beides nicht?

War Opa Charly irgendwie in diesen Fall verwickelt oder hatte er gar nichts damit zu tun? Konnte es sein, dass da etwas Kriminelles ablief? Dass Yannick und Mirja so hartnäckig flunkerten, das musste doch einen wichtigen Grund haben. Da stellte sich die alte Detektivfrage: warum?

Luc reckte sich. »Uff, da kommt 'ne Menge zusammen. Wir müssen systematisch vorgehen. Was ist mit Yannick? Können wir den zum Reden bringen?«

»Ich schnappe ihn mir gleich morgen früh in der Schule. Er

muss doch kapieren, dass wir seine Freunde sind.« Harry ballte die Fäuste.

»Und wann fahren wir zum Buchenberg und nehmen die Ermittlungen beim Haus vom Nikolaus wieder auf?«

Harry winkte ab. »Mit *Fahren* wird's wohl nichts, wir müssen laufen. Bei Tageslicht sollten wir das nicht riskieren. Der Polizist von Habichtsdorf weiß nämlich, dass ich noch keine vierzehn bin, und wenn der uns erwischt ...«

»Hä?« Luc verstand das nicht.

»Man muss mindestens vierzehn sein, wenn man mit Pedelecs fährt. Wusstest du das nicht?«

Luc schüttelte den Kopf. »Mist, dass du morgen erst mal in die Schule musst. Da verlieren wir viel Zeit.«

Jetzt hatte Harry seinen Spaß. »Trick achtzehn, Partner! In der zweiten Stunde wird mir morgen plötzlich schlecht. Da hab ich Englisch bei Mrs Henry. Eigentlich heißt sie Frau Heinrich. Wenn ich plötzlich die Augen verdrehe und sage, dass ich wahrscheinlich kotzen muss, dann schickt die mich sofort nach Hause. Die Nummer hab ich schon mal abgezogen.«

Luc war nicht wirklich überzeugt, aber zum Diskutieren blieb keine Zeit, denn Tante Kerstin und Onkel Georg riefen zum Abendessen. Es gab wieder süßen Reis, diesmal mit Zucker und Zimt und dazu Tee mit Zitrone. Und das nach dem Riesenberg Würstchen, dachte Luc.

»Konntet ihr bei dem miesen Wetter was unternehmen?«, fragte Georg.

»Nix Dolles«, meinte Harry. »Wir sind zu Yannick und Mirja rüber, aber die hatten keine Zeit. Dann wollten wir Opa Charly besuchen. Der war gar nicht da. Skatturnier in Rehberg oder so.«

Georg schmunzelte. »Ja, Opa Charly. Der ist auf seine alten Tage noch echt fit. Alle Achtung!«

Luc mischte sich ein. »Seine Enkelin, Marion, kennst du die, Tante Kerstin?«

Kerstin nickte. »Klar, die Marion kenne ich schon lange.«

»Wusstest du, dass die jetzt mit ihrem Mann das Haus bewohnt und Opa Charly ins Gartenhaus umgezogen ist?«

Die Tante wusste es. »Opa Charlys Söhne wollten die Baumschule nicht übernehmen. Also hat er das große Grundstück an allerlei Kleingärtner verkauft. Viele seiner Baumsprösslinge hat er damals für die Aufforstung oben am Buchenberg gespendet. Stimmt's, Georg?«

»Genau. Dann hat seine Enkelin Marion den Marcel geheiratet. Das war für Opa Charly der richtige Augenblick, den beiden das Grundstück mit dem Wohnhaus zu schenken. Mit Urkunde und Notar und allem Pipapo. Ihm selbst reicht das Gartenhaus.«

»Das kann man wohl sagen!«, rief Harry. »So ein tolles Häuschen möchte ich später auch mal haben.«

Georg Kattner sagte: »Aber sein prächtiges Federvieh will Opa Charly selbstverständlich behalten. Vor allem die Gänse. Was er mit Gustav Gans und den Gänsedamen so alles veranstaltet, das ist zirkusreif. Ich wette, mit denen zieht er noch witzige Nummern ab, wenn er längst im Rollstuhl sitzt.«

Luc hatte plötzlich ein komisches Bild vor Augen. Opa Charly mit schneeweißem Vollbart, lang bis auf die Erde, und Trapperpelzmütze auf dem Kopf im Rollstuhl und hinter ihm laut schnatternd die Gänseschar …

Luc schreckte auf, als Harry ihn anstupste.

»Schlaf nicht ein!« Harry verteilte Karten. *Phase 10* war angesagt. Harry liebte alle Sorten von Kartenspielen. »Ich werde heute mal wieder Weltmeister!«

Ein Stichwort war gefallen: Rollstuhl. Luc fummelte das Smartphone aus der Hosentasche und blinzelte Harry zu. Das bedeutete: Partner, ich weiß was!

Wieso denkt Luc an einen Rollstuhl?
Lies morgen weiter!

6. Dezember

Harrys Plan platzt

Kaum waren sie in Harrys Zimmer auf ihre Luftmatratzen gehechtet, da hielt Luc seinem Cousin das Handy mit den Fotos von den Reifenspuren vor Opa Charlys Gartenhaus unter die Nase. »Ich hab eine Idee, von was für einem Fahrzeug die Spuren stammen könnten.«

»Von einem Panzer?« Harry kicherte.

»Witzbold!« Luc zog an Harrys Nase. »Wir blödeln hier nicht, wir kombinieren. Von was für einem Gefährt hat dein Vater vorhin in Verbindung mit Opa Charly geredet?«

Harry rieb sich die Nase. Dann begriff er plötzlich. »Rollstuhl! Verdammt, ja. Opa Charly im Rollstuhl! Das passt aber mit den Spuren nicht ganz, oder?«

»Eben. Die passen nicht zu einem Rollstuhl, aber zu einem Lastenfahrrad. Die haben vor dem Lenker eine Wanne, in der man alles Mögliche mitnehmen kann. Zum Beispiel Kinder oder halt einigermaßen gelenkige Opas. Und ich kann mir denken, von wem Opa Charly durch die Gegend gefahren wurde.«

»Ich auch!«, jubelte Harry. »Weißt du auch, wohin?«

»Na, logisch. Aber jetzt stellt sich die entscheidende Frage: warum?«

»Die Frage klären wir morgen«, entschied Harry. »Jetzt wird erst mal gepennt. Das war ein harter Tag.«

Da konnte Luc nicht widersprechen. Auch er war todmüde. Da spukten zwar noch eine Menge Gedanken durch sein Gehirn, die nahm er aber mit in seine Träume.

Schon nach wenigen Minuten verkündete wohliges Schlafgebrumm, dass die beiden Detektive nach einem abenteuerlichen Tag zur Ruhe gekommen waren. Vor dem Fenster jammerte der Nachtwind.

Am nächsten Morgen musste Luc sich erst einmal orientieren, ehe er begriff, wo er sich befand.

Harry tobte bereits im Badezimmer herum. »Bist du endlich aufgewacht, altes Murmeltier?«, rief er fröhlich, als Luc in der Tür erschien, und spritzte ihm Wasser ins Gesicht. »Das wird ein toller Actiontag! Ich muss nur noch mal eben in die Schule und Frau Heinrich vorspielen, dass mir ganz fürchterlich schlecht ist. Dann ziehen wir los. Wir dürfen die Stabtaschenlampe nicht vergessen und den Feldstecher. In der Ruine wird's dunkel sein.«

»Hoffentlich funktioniert dein Trick.«

»Aber hundertpro!«, behauptete Harry. Hastig futterte er in der Küche sein Müsli und schlüpfte in der Diele in seinen roten Parka. »Warte hier auf mich, okay?«

»Stopp mal!« Luc hatte noch eine Frage. »Hier im Dorf gibt's doch einen Fahrradladen, oder?«

»Klar, einen ziemlich großen sogar. Auf der Südseite vom Kirchplatz.«

»Dann werd ich schon mal recherchieren und Beweise sammeln. In dem Geschäft kann man sich auch Räder ausleihen, ja?«

»Natürlich. Machen die Touristen im Sommer fast alle.« Harry schnappte sich seinen Schulrucksack und stürmte aus dem Haus.

Luc wusch sich, putzte flüchtig die Zähne und zog sich an. Dann erschienen auch Tante Kerstin und Onkel Georg in der Küche. Sie konnten sich Zeit lassen, weil sie den Optikerladen erst um neun Uhr öffneten. Georg Kattner holte Brötchen, seine Frau kochte Kaffee und deckte den Tisch. Luc hatte es eilig mit dem Frühstücken, denn er wollte ja noch zum Fahrradgeschäft, bevor er mit Harry zur Exkursion am Buchenberg aufbrechen würde.

Allerdings kam alles ganz anders.

Als Harry pustend den Schulhof erreichte, hatte es schon

zum ersten Mal geschellt. Er erspähte Yannick bei seinen Klassenkameraden. Als Yannick Harrys Blick bemerkte, drehte er sich hastig weg und tat so, als sei er in ein Gespräch verwickelt. Klar, es war ihm peinlich, dass Mirja und er vor Harry Geheimnisse hatten. Yannick konnte ja nicht ahnen, dass die Detektive Luc und Harry ihnen längst auf der Spur waren. Auch als die Deutschstunde begonnen hatte, flüsterte er intensiv mit seiner Tischnachbarin, damit Harry ihn nicht ansprechen konnte.

Sie übten das Gedicht »Ein Lied hinterm Ofen zu singen« von Matthias Claudius, das sie auf der Weihnachtsfeier der Jahrgangsstufe im Rap-Rhythmus vortragen sollten. Dass sie alle den Text albern fanden, das schien Herrn Rabeneck nicht sonderlich zu interessieren. Der Deutschlehrer verstand keinen Spaß. Harry wusste, dass er bei ihm mit seiner Kotznummer keine Chance haben würde. Aber bei Mrs Henry musste es klappen, da hatte er keinen Zweifel.

Gleich zu Beginn der zweiten Stunde legte Harry los mit seinem Gejammer. Emma wollte gerade mit der Übersetzung des zweiten Kapitels von *Aunt Thea's Tiger* anfangen, als er schon zaghaft den Finger hob und verkündete: »Mir ist plötzlich so schlecht, Frau Heinrich. I-i-ich glaube, ich muss mich übergeben.«

Die Englischlehrerin schaute ihn halb ärgerlich, halb besorgt an. »Hast du gestern mal wieder zu lange im Internet gesurft?«

»Überhaupt nicht! Wahrscheinlich hab ich mich irgendwo angesteckt. Magen-Darm-Grippe oder so. U-u-und eh ich die ganze Klasse infiziere …«

Dieses Mal reagierte die sonst so weichherzige Frau Heinrich ganz unerwartet. »So schlimm wird's doch nicht sein, Harry. Lauf mal draußen auf dem Gang ein paar Schritte hin und her, dann geht es dir bald besser. Und tief durchatmen!«

Harry protestierte. »Und wenn ich alles vollkotze? Ist doch besser, wenn ich schnell nach Hause gehe und mich ins Bett lege und ein Medikament …«

Er redete nicht weiter, weil er begriff, dass er seine Show übertrieben hatte. Sie weiß, dass ich flunkere, dachte Harry. Fast Hilfe suchend schaute er zu Yannick hinüber, dabei ging es doch gerade darum, vor Yannick und Mirja einen Zeitvorsprung zu gewinnen. Nein, sein Freund konnte ihm nicht helfen – und wahrscheinlich hatte er Harrys Spielchen längst durchschaut, jedenfalls guckte er demonstrativ zum Fenster hinaus.

Frau Heinrich hatte entschieden. »Dann legst du dich im Sani-Raum am besten ein bisschen hin. Die Schulsekretärin kümmert sich. Gabi, begleitest du Harry?« Sie klatschte in die Hände, weil es in der Klasse laut geworden war. »Quiet, please.«

Also lieferte Klassensprecherin Gabi den frustrierten Harry im Krankenzimmer ab. Das lag im Erdgeschoss gleich neben dem Sekretariat. Frau Brockerhoff, die stämmige Schulsekretärin, stellte erst einmal fest, dass Harry kein Fieber hatte.

Harry ließ sich auf die Liege sinken. »Aber mir ist ganz fürchterlich schlecht! Wie vor 'ner Explosion im Bauch. Da geh ich doch am besten rasch nach Hause, bevor …«

Frau Brockerhoff unterbrach ihn gnadenlos. »Du bleibst jetzt erst mal brav liegen. Und wenn's dir in einer Viertelstunde nicht besser geht, gibt es zwei Möglichkeiten: Ich rufe deine Eltern an oder ich lasse den Notarzt kommen. Aber vielleicht ist dir dann nicht mehr so schlecht, dann kannst du in den Unterricht zurück.«

In Harrys Kopf schrillten die Alarmglocken. Anruf bei den Eltern? Wahnsinn! Notarzt? Noch schlimmer! Nein, er durfte doch Luc und seine Aktion nicht gefährden. Da blieb nur die Möglichkeit drei. Er schrieb Luc eine Nachricht:

Plan geplatzt. Komme später. Warte auf mich. Cool bleiben.

Wer ist schneller beim Haus vom Nikolaus?
Lies morgen weiter!

7. Dezember

Ein Polizist stellt Fragen

Weihnachtlich war die Ortsmitte geschmückt. Lichterketten und Girlanden aus Tannengrün baumelten im leisen Wind. In den Schaufenstern standen elektrische Kerzen, Engelfiguren und leuchtende Sterne. Aus Lautsprechern zwitscherte ein Kinderchor »Süßer die Glocken nie klingen«. Es waren noch nicht viele Leute auf den Straßen. Die meisten Geschäfte öffneten erst um neun Uhr.

Trotzdem war Luc schon unterwegs, denn er musste ja rechtzeitig zurück sein, um sich mit Harry nach dessen frühem Abflug aus der Schule zu treffen. Den Fahrradladen am Kirchplatz fand er auf Anhieb. SAMIR COSARS ZWEIRAD-CENTER. Das Geschäft war hell erleuchtet, aber noch nicht geöffnet. Die großen Schaufenster waren vollgestopft mit Rädern aller Art und Größen: Mountainbikes, Tourenräder, E-Bikes, Rennräder, bunte Kinderfahrräder und Laufrädchen für die Winzlinge. An den Preisschildern hingen farbige Glöckchen. Eine Leuchttafel verkündete: *Die idealen Weihnachtsgeschenke für Groß und Klein!*

Luc erspähte einen Mann hinten im Laden und klopfte an die Scheibe. Der Mann in blauem Kittel schaute auf und öffnete.

»Sind Sie Herr Sami Cosar?«, fragte Luc. »Ich weiß, es ist noch nicht neun, aber ich hab eine dringende Frage.«

»Dann frag mal«, sagte der Mann freundlich.

»Verleihen Sie auch Lastenfahrräder?«

»Aber sicher doch! Samir Cosar verleiht auch Fahrzeuge mit drei oder vier Rädern, Lastenfahrräder, Bollerwagen ... Touristen mieten die gerne für Ausflüge. Ist aber mehr was für den Sommer. Allerdings ...« Nachdenklich krault er sich den schwarzen Schnurrbart. »Komischer Zufall. Vorgestern waren schon zwei Kids aus dem Ort hier, die haben sich übers Wochenende eins ausgeliehen.«

»Waren die in meinem Alter?«, fragte Luc.

»Ja, ja, so ziemlich.« Der Fahrradhändler musterte Luc von oben bis unten. »Normalerweise verleihe ich nichts an Minderjährige, aber die zwei kenne ich. Deshalb hab ich eine Ausnahme gemacht. Die brauchen das wohl für eine Weihnachtsüberraschung für ihre Eltern.« Herr Cosar hielt sich den Zeigefinger vor die Lippen und zwinkerte Luc zu. »Denen darf ich nichts verraten.«

»Ach, dann hat sich meine Frage schon erledigt. Es geht nämlich um dieselbe Weihnachtsüberraschung.«

Schon sauste Luc los. »Vielen Dank!«, rief er über die Schulter.

Hah, das war die Bestätigung. Ein handfester Beweis. Sie waren Yannick und Mirja auf die Schliche gekommen, doch das große Rätsel war noch nicht gelöst: Was war der Grund für dieses seltsame Versteckspiel?

Luc lief zurück zum Haus der Kattners. Er sah schon von Weitem, dass Harry noch nicht beim Treffpunkt war. Ungeduldig trippelte Luc herum, ihm war lausig kalt und die Sekunden verflogen.

»Partner, wo bleibst du?«, schimpfte Luc vor sich hin. »War dein Superplan vielleicht doch nicht so toll?« Er überlegte, ob er Harry einfach anrufen sollte, aber damit hätte er möglicherweise alles vermasselt. Und außerdem war die zweite Stunde noch nicht ganz zu Ende. Letzte Chance für Harry. Aber Harry kam und kam und kam nicht.

Stattdessen kam seine Textnachricht: *Plan geplatzt. Komme später. Warte auf mich. Cool bleiben.*

Luc stampfte fluchend auf. Eine Fußgängerin starrte ihn misstrauisch an. Entspann dich, dachte Luc. Detektive müssen gelassen bleiben. Jetzt hieß es improvisieren.

Harry kam nach der vierten Stunde angehechelt, da war freitags sowieso immer Schulschluss. »Mrs Henry hat mich durchschaut«, keuchte er. »Sorry! Aber wenn wir uns beeilen ...«

Luc winkte ab. »Die Situation hat sich verändert, logischer-

weise ändern wir auch unsere Taktik. Eigentlich wollten wir vor Mirja und Yannick auf dem Buchenberg sein, um sie zu überraschen. Die zwei Schlaumeier meinen, sie könnten uns austricksen. Die ahnen ja nicht, dass wir ihr Geheimversteck längst entdeckt haben. Also machen einfach wir's umgekehrt: Wir schleichen ihnen nach.«

»Jau! Die machen sich vor Schreck in die Hose, wenn wir plötzlich auftauchen. Das haben sie dann davon! Warum haben sie uns auch nicht in ihr Geheimnis eingeweiht!«

Luc nickte heftig. »Sie haben uns unterschätzt. Beim Fahrradhändler habe ich übrigens recherchiert, dass sie so ein Lastenfahrrad ausgeliehen haben.«

Harry klopfte Luc auf die Schulter. »Sportliche Anerkennung! Ich bring eben meinen Rucksack hoch, dann geht's los!«

»Vergiss das Fernglas und die Stablampe nicht!«

Harry düste davon, dann konnte die Aktion beginnen. Zunächst mussten die zwei Detektive sich davon überzeugen, dass die Geschwister tatsächlich auf dem Weg den Buchenberg hinauf waren. Aus sicherer Deckung beobachteten sie das Haus der Wenzels. Nach Harrys geplatztem Plan hatten Yannick und Mirja gemeinsam mit Harry Schulschluss gehabt. Waren sie schnell heimwärts gesaust, hatten ihre Rucksäcke in die Diele geschmissen und waren längst auf dem Weg zu ihrem Versteck? Oder waren sie noch zu Hause? Dann müsste dort Licht brennen, denn der Tag war diesig und dunkel.

Auf einmal fasste Luc Harry am Arm. »Ich werd verrückt! Siehst du auch, was ich sehe?«

Harry sah es. Da kamen Mirja und Yannick geschlendert, redeten, lachten und taten so, als hätten sie alle Zeit der Welt und freuten sich auf ein gemütliches Wochenende.

»Täuschungsmanöver!«, fauchte Luc. »Die ahnen bestimmt, dass wir sie beobachten, und dann flitzen sie zur Hintertür raus und drehen uns 'ne lange Nase.«

»Sollen sie doch! Sie wissen nicht, dass wir wissen, was sie vorhaben. Wir machen uns auf die Socken. Dann sind wir doch noch vor ihnen auf dem Buchenberg! Luc, es bleibt bei unserem Plan A. Die werden Augen machen, wenn wir plötzlich aus dem Gebüsch springen!«

»Exakt«, sagte Luc. »Und sie beim Haus vom Nikolaus empfangen.«

In diesem Augenblick kam ein Streifenwagen der Polizei angerollt und stoppte neben ihnen. Ein langer Polizist stieg aus, rückte sich die Dienstmütze gerade und schaute die beiden Jungen sehr dienstlich an.

»Das ist Polizeimeister Kalinke«, flüsterte Harry seinem Cousin zu. »Was der wohl will?«

»Hallo, Sportsfreunde! Habt ihr in letzter Zeit den Herrn Karl Merx gesehen? Ach so, ihr nennt ihn ja Opa Charly.«

»Warum fragen Sie das?« Harry stellte sich dumm.

»Weil er über Nacht nicht zu Hause war. Seine Enkelin vermisst ihn. Und wo ihr Jungs doch so dicke mit ihm seid, wisst ihr vielleicht, wo er sich befinden könnte. Hatte er was vor?«

»Keine Ahnung«, flunkerte Harry.

Luc sagte: »Opa Charly ist doch niemandem Rechenschaft schuldig. Der kann gehen, wohin er will.«

Polizeimeister Kalinke zielte mit dem Finger auf Luc. »Und wer bist du? Dich kenne ich gar nicht.«

»Das ist mein Cousin Lucas«, antwortete Harry. »Er ist seit gestern bei mir zu Besuch und wir haben beide Opa Charly nicht gesehen.«

»Ruft mich an, wenn ihr ihn trefft! Opa Charly ist nicht gut zu Fuß. Möglicherweise braucht er Hilfe. Verstanden?« Der Beamte stieg in sein Auto.

Wird den Jungen die Überraschung gelingen?
Lies morgen weiter!

8. Dezember

Überraschung für den Nikolaus

Harry pustete die Luft aus den Backen. »Alter, da haben wir echt Glück gehabt! Stell dir vor, wir hätten jetzt auf den E-Bikes gehockt, das hätte Zoff gegeben. Vor allem mit meinen Eltern.«

»Ist ja nichts passiert. Aber ich frage mich, ob der Kalinke denkt, wir wüssten was über Opa Charlys Verschwinden. Der hat so komisch geguckt.«

Harry schüttelte den Kopf. »Glaube ich nicht. Aber wir sollten trotzdem vorsichtig sein.« Er trabte los. »Auf geht's, Tempo!«

Die beiden liefen im Pfadfinderschritt: hundert Meter joggen – hundert Meter gehen – hundert Meter joggen – hundert Meter gehen … Dadurch kamen sie rasch voran. Bald bogen sie in den Wald ein, dann ging es aufwärts und sie kamen gehörig ins Schwitzen. Hier oben war es heller als unten im Tal. Dieses Mal blieben sie auf dem befestigten Weg. So ging es leichter und sie sparten Kraft. Außerdem hatten sie ja einen Vorsprung und mussten nicht befürchten, entdeckt zu werden.

»Und wenn Yannick und Mirja gar nicht kommen?«, gab Luc zu bedenken.

»Die kommen!«

Auf einmal blieb Luc stehen und zeigte in westliche Richtung. »Hörst du das? Motorsäge. Was wird denn da gesägt?«

»Weihnachtsbäume. Was denn sonst? Morgen fängt doch der Weihnachtsmarkt an. Da werden auch jede Menge Weihnachtsbäume verkauft. Hinterm Aufforstungsgebiet wachsen massenweise Nordmanntannen und Blaufichten und so.«

Luc und Harry erreichten den kleinen Wendekreis vor dem Gattertor. Das Tor war nicht abgeschlossen. Wie nicht anders zu erwarten. Also hinein in die verbotene Zone!

Ein Fasan keckerte empört und flatterte in die Wipfel der jungen Ulmen. Weiter weg wetzten Kaninchen ins Ginstergestrüpp. Die Jungen gaben sich keine Mühe, leise zu sein. Noch waren sie weit genug von der Ruine entfernt. Erst als sie den Rand des Buchenwaldes erreichten, suchten sie Deckung. Das zerfallene Schlösschen lag in Rufweite schräg über ihnen vor den milchigen Wolken.

An diesem Mittag war kein Lichtschein in den dunklen Fensterhöhlen zu erkennen. Alles wirkte still und verlassen. Aber Luc und Harry ließen sich nicht täuschen.

Harry hatte sein Fernglas gezückt und beobachtete das Gemäuer genau. »Keinerlei Bewegung«, sagte er, »aber das will nichts heißen. Ich wette um zehn Bratwürste, dass da oben einer ist.«

»Und wir wissen auch beide, *wer* das ist.« Luc kicherte. »Wir umrunden jetzt den Hügelkamm, wie wir's gestern geplant haben, und kommen von der anderen Seite. Da scheint es große Löcher in den Hauswänden zu geben und im Türmchen auch. Da können wir reinschauen.«

»Wir müssten eine Drohne haben, die könnten wir vorschicken.«

»Haben wir aber nicht.«

Sie schlichen vorwärts, krochen durch welkes Gras, suchten Deckung hinter Baumstümpfen und Bruchholz und gewannen mehr und mehr an Höhe. Tief unter ihnen im Tal lag die Bahnstrecke, von der aus Luc das tanzende Licht gesehen hatte. Die Detektive spürten: Jemand war in der Nähe.

Es war, wie sie vermutet hatten. Die hintere Seite des alten Gebäudes war ziemlich zerfallen, eine Wand fehlte fast komplett, da waren nur spitze Mauerreste. In den Nebenraum konnten sie nicht hineinschauen, weil er im Dunkeln lag. Da half auch der Restlichtaufheller von Harrys Feldstecher nichts.

»Horch mal!«, flüsterte Harry.

Da war ein Geräusch. Rhythmisch. Zischelnd.

Entschlossen sprang Luc aus der Deckung. »Wir gehen jetzt rein!«

Für einen Moment mussten sich die Augen an das Schummerlicht gewöhnen. Harry blendete die Lampe auf. Verblüfft und sprachlos starrten die Jungen auf ein Zelt. Es war ein kleines knallrotes Ein-Mann-Zelt und es stand mitten in dem verfallenen Zimmer. Von hier kam das Geräusch.

»Da-d-da ist einer drin!«, zischte Harry.

»Natürlich!« Luc redete extra laut. »Der Nikolaus nämlich.«

Das Gezischel verstummte. Raues Husten, zweimal, dreimal. Dann wurde der Reißverschluss von innen aufgezogen. Eine Altmännerstimme rief: »Mirja? Yannick? Da kommt ihr ja endlich! Ich brauch Kaffee und …«

Opa Charlys Gesicht erschien. Geblendet von der Taschenlampe riss Opa Charly sich die Hände vor die Augen. »Macht doch die verdammte Funzel aus!«, schimpfte er.

Harry knipste die Lampe aus. Opa Charly fuhr aus seinem Schlafsack hoch und zerfetzte dabei fast das ganze Zelt. Offenbar glaubte er zuerst nicht, was er da sah.

»Waaas? Wieso ihr? Harry und Luc? Wo kommt ihr denn auf einmal her? Ich glaub, mich beißt ein Stachelschwein!« Mühsam und schlaftrunken krabbelte Opa Charly aus dem Zelt.

Er sah aus wie der perfekte Nikolaus. Über einem superdicken Wollpullover trug er einen tomatenroten Bademantel, die Füße steckten in schwarzen Stiefeln und auf dem Kopf thronte die pelzige Trappermütze. Ja, und dazu Opa Charlys Bartgesicht.

»Haben Yannick und Mirja euch unser Geheimnis verraten?«, knurrte Opa Charly und war offenbar stinksauer. »Dabei haben sie doch geschworen, dass sie …«

»Nee!«, rief Luc dazwischen. »Die haben nix verraten. Da sind wir selber drauf gekommen.«

»Wir wissen bloß nicht, warum ihr euer supergeheimes Versteckspiel veranstaltet, das so furchtbar geheim ist, dass nicht mal Luc und ich was davon erfahren dürfen.«

»Das hat sich so ergeben«, brummte Opa Charly ausweichend.

Luc schüttelte den Kopf. »Nee, nee, so läuft das nicht. Jetzt sind Harry und ich ja hier, jetzt sind wir mit im Spiel. Schluss mit der Geheimniskrämerei! Pack aus, Opa Charly. Um was geht es?«

Opa Charly druckste herum. Er wollte nicht mit der Sprache rausrücken.

Harry klopfte ihm aufmunternd auf die Schulter. »Na komm, gib dir einen Ruck! Wir sind auf deiner Seite, auch wenn's was Schlimmes ist.«

Es schien, als müsste Opa Charly Anlauf nehmen, dann lächelte er verlegen. »Also gut! Es geht um Entführung«, sagte er.

Die Jungen standen da mit offenen Mündern. »Um waaas?«, fragten sie gleichzeitig und starrten den seltsamen Nikolaus an.

»Um Entführung.« Opa Charly schmunzelte und nestelte am verhedderten Gürtel seines seltsamen Bademantels herum.

»Und wer soll entführt werden?«, fragte Harry kopfschüttelnd.

»Ich«, sagte Opa Charly cool. »Ich bin schon entführt worden. Von Yannick und Mirja. Darum sitze ich ja hier oben im Versteck. Die Entführung war übrigens meine Idee.«

»Das ist ja krass!« Luc fasste sich an den Kopf. »Dann bist du ja sozusagen dein eigener Entführer!«

Harry hakte aufgeregt nach. »Und wozu soll das gut sein?«

»Wegen der Erpressung.« Opa Charly grinste wie ein kleiner Junge. Endlich hatte er den Knoten aufgekriegt. Er schlug den Mantel fester um seinen dicken Bauch und knotete den Gürtel wieder ordentlich zu. Opa Charlys Nase hatte sich bläulich rot verfärbt. Ihm war kalt, ganz klar.

»Ich werd verrückt!« Harry ballte die Fäuste. »Entführung. Erpressung ... Wer ist denn der Erpresser?«

Opa Charly blieb noch immer gelassen. »Der bin auch ich.«

Die Jungen konnten nicht weiter fragen, denn vor der Ruine wurde es laut.

Ob Harry und Luc den Durchblick bekommen?
Lies morgen weiter!

9. Dezember

Opa Charly ist beleidigt

Harry und Luc huschten in die hinterste Ecke des Raumes und duckten sich. Da stand auch das Lastenfahrrad. Sie freuten sich wie Schneekönige auf Mirjas und Yannicks erstaunte Gesichter.

Die Geschwister erschienen kaum eine Minute später in der Maueröffnung. Erschöpft vom hastigen Laufen den Hügel hinauf mussten sie erst mal lange durchpusten.

Yannick ließ seinen Schulrucksack auf den Boden fallen und japste: »Entschuldige die Verspätung, aber wir durften kein Risiko eingehen. Wir wussten nicht genau, ob die Luft rein war.«

»Wir hatten nämlich den Verdacht, dass wir beobachtet würden, als wir aus der Schule kamen«, sagte Mirja. »So ein prickeliges Gefühl. Verstehst du, Opa Charly? Aber jetzt sind wir ja da. Ist alles okay bei dir?«

Opa Charly schüttelte den Kopf, dass die Mütze wackelte. »Kann man so nicht sagen. Ich hab nämlich überraschenden Besuch bekommen. Zwei Typen ...«

»Waaas?«, erschraken Mirja und Yannick. »Was für Typen?«

»Buh! Diese Typen hier!«, brüllte Luc lachend.

Harry und er sprangen aus ihrem Versteck und fuchtelten wild mit den Armen. Auch diese Überraschung war ihnen gelungen.

Mirja und Yannick standen mit großen Augen da und hatten Mühe, den Schrecken runterzuschlucken, aber dann redeten sie plötzlich wild durcheinander.

»Ihr Quarkschädel! Was soll das denn?« Yannick schwang die Fäuste. »Müsst ihr uns so erschrecken? Jetzt seid ihr wohl mächtig stolz auf euch, was?«

Mirja hatte ganz rote Wangen bekommen. »Wie habt ihr ...? Woher wusstet ihr ...?«

Harry klopfte Mirja auf die Schulter. »Nun bleib mal locker. Alles der Reihe nach. Auch wenn ihr jetzt sauer seid, weil wir euch auf die Schliche gekommen sind. Yannick und du, ihr wolltet uns anschmieren. Aber wir haben euch gestern durchschaut! Mathe üben, ja? Dabei hattet ihr klatschnasses Haar und dreckige Klamotten.«

Luc sagte: »Als ich mit dem Zug aus der Stadt kam, da hab ich hier oben auf dem Berg ein tanzendes Licht gesehen. Mein detektivisches Gespür hat mir gleich gesagt, dass da was Geheimnisvolles passiert. Und darum sind wir jetzt hier, der Harry und ich.«

Yannick zeigte auf ein paar verkohlte Äste, die in einem Kreis aus Ziegelsteinbrocken lagen. »Das war dein tanzendes Licht. Wir hatten nämlich ein Lagerfeuer gemacht, weil wir's ein bisschen warm haben wollten. Das hat im Wind ziemlich geflackert.«

Und Luc entdeckte noch etwas. In der Nähe des Feuers stand eine altmodische Laterne. Von der stammte wohl das Licht, das sie gestern in den Fensteröffnungen der Ruine gesehen hatten.

Schnell berichtete Harry, wie Luc und er die Reifenspuren vor dem Gartenhaus entdeckt hatten, was Marion von dem Skatturnier erzählt und was Luc beim Fahrradhändler recherchiert hatte. Über seinen gescheiterten Plan, die Schule zu schwänzen, redete er lieber nicht. »Da haben wir doch sofort gemerkt, dass was im Busch ist. Warum habt ihr uns denn angelogen, Mensch? Wir sind schließlich Freunde!«

Yannick wurde wieder laut. »Aber wir haben doch einen Eid geschworen!«

»Ich will jetzt endlich meinen Kaffee!«, rief Opa Charly mit Donnerstimme dazwischen. »Mir ist saukalt.« Er rieb sich mit der Handfläche über die Nasenspitze.

Da brachen Mirja und Yannick und Luc und Harry in schallendes Gelächter aus. Die Stimmung entspannte sich. Die Überraschung war gelungen. Also Friede! Sie waren doch gute Freunde.

Yannick packte seinen Rucksack aus: Thermoskanne und Becher, Tüte mit belegten Brötchen, eine Flasche Bier, Schokoprinten, Bananen und die Tageszeitung.

Auch Mirja hatte für ihn noch etwas dabei. Sie zog eine weitere Thermoskanne aus ihrer Tasche und einen Wärmebehälter. »Hier, ich hab dir noch heißen Tee mitgebracht.«

Opa Charly legte die Stirn in Falten. »Tee? So was trinke ich eigentlich nur, wenn ich krank bin«, sagte er verächtlich.

Aber Mirja ließ sich nicht beeindrucken. »Wenn's abends so richtig frostig wird, wirst du froh sein, noch was Heißes zu trinken zu haben. Ist kräftiger Ostfriesentee, den magst du bestimmt.«

Opa Charly gab einen Brummton von sich, den man durchaus als Zustimmung deuten konnte. »Und was ist dadrin?« Er zeigte auf die Thermo-Box.

»Süßer Milchreis«, antwortete Mirja und reichte ihm den Behälter. »Hier, ist noch warm.«

Luc stutzte. Gab es hier irgendwo Milchreis im Sonderangebot?

Opa Charly schob sich die Trappermütze aus der Stirn und begann, genüsslich zu schmausen. Zuerst die Brötchen, dann den warmen Milchreis. Wind pfiff durch die Ruine. Harry und Yannick machten sich daran, mit der Brötchentüte und trockenen Holzstücken das Feuer neu zu entfachen. Luc und Mirja räumten im Zelt auf und klopften den Schlafsack aus.

Opa Charly schlürfte den letzten Schluck Kaffee und erhob sich stöhnend von dem Baumstumpf, der ihm als Hocker diente. »Jetzt gehören Harry und Luc also auch zum Team, da müssen sie natürlich auch unseren Verschwiegenheitsschwur leisten!«

Die beiden Jungen stellten sich feierlich nebeneinander und blickten dem alten Mann ernst ins Gesicht.

»Schwört ihr, unser Geheimnis an niemanden zu verraten?«

Luc und Harry hoben die Arme, spreizten zwei Finger und sagten mit kräftiger Stimme: »Ich schwöre es.«

»So.« Opa Charly nickte zufrieden. »Dann ist das auch erledigt.«

Luc druckste herum. »Also, wo wir jetzt geschworen haben, da ergibt sich 'ne ganz entscheidende Frage. Harry und ich, wir wissen doch gar nicht, *was* wir nicht verraten dürfen.«

»Entführung, Erpressung«, sagte Harry. »Wozu soll das gut sein?«

»Rache!«, knurrte Opa Charly.

Rache? Das hörte sich spannend an. Luc schaute Harry an, Harry schaute Luc an. Der friedliche, fröhliche Gänsefreund Opa Karl Merx als Rächer? Das passte nicht!

Mirja bemerkte die verwirrten Blicke der beiden Freunde. »Opa Charly ist böse reingelegt worden. Dafür hat er einen Racheplan geschmiedet und Yannick und ich sind seine Komplizen. Und jetzt gehört ihr auch dazu.«

»Hä?« Harry schaute den alten Mann verständnislos an. »Dich hat einer betrogen? Wer soll das gewesen sein?«

»Marcel Geiger-Merx. Der saubere Ehemann meiner Enkelin Marion.«

Harry verstand das nicht. »Der Marcel ist doch total in Ordnung! Ausgerechnet der soll dich übers Ohr gehauen haben? Du hast ihm und Marion doch sogar dein schönes Haus geschenkt und das ganze Anwesen dazu.«

»Es ist auch eine etwas komplizierte Geschichte. Mirja und Yannick sollen sie erzählen. Ich bin jetzt zu müde, ich hab letzte Nacht kein Auge zugemacht. All die Geräusche hier im Gemäuer und der Wind und lausig kalt war's auch und irgendwann machten die Wildtauben einen Höllenlärm.« Opa Charly gähnte tief, kroch in das rote Zelt und zog den Reißverschluss zu.

Mirja staunte. »Das war aber ein plötzlicher Abgang!«

»Sagt mal«, wollte Harry nun endlich wissen, »warum hat Opa Charly eigentlich nur euch und nicht auch mich gefragt?«

Was für eine Erklärung werden Mirja und Yannick geben?
Lies morgen weiter!

10. Dezember

Was Mirja erzählt

Ganz einfach. Als sich Opa Charly seinen Plan überlegt hatte, da waren wir gerade zu ihm gekommen, um ihm ein bisschen zu helfen«, sagte Mirja. »Eier suchen, Hühner füttern, Stall ausmisten und so. Dann hat Opa Charly gesagt, wir sollten mal mit ins Gartenhaus kommen. Da hat er uns dann seinen Plan ganz genau erklärt und wir mussten schwören, dass wir niemandem …«

Yannick fuhr dazwischen. »Pscht! Hört ihr die Motorsäge? Das ist Schulze-Nortmann, der hier die Weihnachtsbäume fällt. Den hat Opa Charly zur Sicherheit auch eingeweiht.«

Das Feuer knisterte und qualmte. Die vier Eidgenossen knabberten die restlichen Schokoprinten, die Opa Charly übrig gelassen hatte, und hockten sich dicht an die wärmenden Flammen.

Mirja erzählte weiter: »Marcel will Opa Charly den großen Geflügelstall abluchsen. Das ist so hinterhältig. Opa Charly ist so großzügig und schenkt seiner Enkelin und ihrem Mann nicht nur das tolle Wohnhaus, sondern auch das gesamte Grundstück. Mit Garten, Obstbäumen und Garage. Und Marcel? Hat nichts Eiligeres zu tun, als den Hühnerstall und die Wiese davor für sein eigenes Ding zu nutzen. Und die Gänse und die Hühner verlieren ihr Zuhause!«

Luc trommelte sich mit beiden Fäusten auf die Oberschenkel. »So ein Armleuchter! Gustav Gans und die Hühner und der prächtige Stall dazu, das alles gehört Opa Charly, das hat er doch für sich behalten, das ist ja sein großes Hobby für den Lebensabend.«

»Irrtum, Luc.« Mirja schniefte. »Da liegst du leider falsch. Im Vertrag steht, dass nicht nur Haus und Grundstück in den Besitz von Marion und Marcel übergehen, sondern auch *alles,* was sich darauf befindet, abgesehen vom Gartenhaus. Opa Charly hat einen Fehler gemacht.«

Yannick brauste auf. »Weil er Marion und Marcel vertraut hat! Für ihn war es sonnenklar, dass das mit seinen Hühnern und den Gänsen und dem Stall alles so bleibt, wie es ist. Er meinte, dass man das gar nicht zu erwähnen brauchte.«

Mirja pustete ins Feuer. »Genau das war sein Fehler. Marcel hat dieses Vertrauen knallhart missbraucht. Und dem Vertrag nach ist er im Recht. Ist alles notariell beglaubigt.«

»Der Marcel ist ein verdammt übler Trickser!« Yannick war noch immer in Fahrt. »Bloß weil Opa Charly nicht wusste, dass er das Stallrecht für sich behalten musste. So richtig schriftlich. Dann hätte er den Stall für seine Tiere weiter benutzen können, ohne dass ihm da einer reinredet.«

»Jetzt kapiere ich.« Luc tippte sich an die Stirn. »Opa Charly will sich das nicht gefallen lassen. Er hat sich einen Plan ausgedacht, weil er verhindern will, dass ihm Marcel den Stall und den Auslauf wegnimmt. Seh ich das richtig?«

»Ganz genau«, bestätigte Mirja. »Und wir vier, wir sind seine geheime Mannschaft.«

Harry sagte: »Auf mich kann er sich jedenfalls verlassen und auch auf Luc. Mein Cousin hat nämlich kriminalistische Fähigkeiten. Aber das wisst ihr ja.«

Luc wurde ein bisschen rot im Gesicht, aber das konnte auch vom Feuer kommen. »Na ja, jetzt übertreib mal nicht. Jedenfalls ist es gut, dass ich nach Habichtsdorf gekommen bin. Ich brauch allerdings mehr Fakten. Bei jedem Kriminalfall stellt sich die Frage nach dem Warum. Warum will Marcel Geiger-Merx unbedingt den Hühnerstall haben?«

»Weil er da ein Fitnessstudio bauen will!«, rief Mirja und machte eine so heftige Armbewegung, dass die Flammen aufstoben. »Body Building und so. Zusammen mit seinem Kumpel Martin, der ist ausgebildeter Sportlehrer.«

»'ne Muckibude!« Yannick spannte die Muskeln. »Damit wol-

len sie richtig Geld verdienen. Opa Charly und seine Tiere sind denen egal.«

»Woher weiß Opa Charly das alles?«, wollte Luc wissen. »Hat Marcel ihm das gesagt?«

»Eben nicht!«, schimpfte Mirja. »Mit Opa Charly hat er kein Wort geredet. Das ist ja das Gemeine. Er denkt wohl, dass er machen kann, was er will. Aber da hat er sich geschnitten.«

»Woher dann?«, fragte Harry. »In der Zeitung wird's ja wohl nicht gestanden haben.«

»Von Thiekötter, dem Kneipenwirt«, antwortete Mirja. »Der hat seine Ohren überall und weiß immer, was in Habichtsdorf passiert. Er hat Opa Charly erzählt, dass Marcel am Stammtisch mit seinem Superprojekt mächtig angegeben hat. Opa Charly ist ausgerastet – ja, und dann hat er seinen Plan geschmiedet.« Mirja zog einen Zettel aus der Manteltasche. »Hier, 'ne Liste von Geräten, die Marcel für die Muckibude anschaffen will. Hat er in der Kneipe vergessen.« Mirja reichte Luc das Blatt.

Kurzhantel-Set, Schrägbank, Hantelbank mit Langhantel-Set, Fitness-Multi-Station-Power-Rack … manche Wörter waren kaum zu entziffern.

Aus dem Zelt drang leises Schnarchen. Opa Charly hatte nach der unruhigen Nacht wohl eine Menge Schlaf nachzuholen. Er hatte sein Geheimversteck zwar genial ausgesucht, aber zu dieser Jahreszeit war diese ganze Aktion echt nicht ohne.

Harry legte Holz nach. »Und wie geht's jetzt weiter?«

»Unser großer Auftritt ist für heute geplant«, erklärte Mirja gelassen.

Yannick kicherte. »Dann melden sich die Entführer.«

Plötzlich klingelte Harrys Handy. Seine Mutter rief an. Ihre Stimme klang nicht besonders freundlich. Harry stellte auf Laut, damit die anderen mithören konnten.

»Wir haben mit dem Mittagessen auf euch gewartet. Wer nicht erschienen war, wart ihr.«

»Ach, total vergessen! Wir müssen doch auf dem Weihnachtsmarkt mithelfen. Stände aufbauen und Leitungen legen und so. Für Luc ist das total neu, verstehst du? Der kennt so was gar nicht.«

»Ach was, gibt es in der Stadt keinen Weihnachtsmarkt?«

»Jedenfalls nicht so einen schönen. Und gefuttert haben wir schon. Überall durften wir probieren. Wir sind knubbeldickesatt.«

»Aber du hättest wenigstens anrufen können«, sagte Frau Kattner vorwurfsvoll.

»Total vergessen, hab ich doch gesagt.«

»Was knistert denn bei dir im Hintergrund? Brennt da was?«

Harry hielt schnell die Hand über sein Handy. »Nee, das täuscht. Hier ist einer mit 'ner Bohrmaschine zugange.«

Kerstin Kattner machte es spannend. »Harry, hast du schon gehört, dass Opa Charly vermisst wird? Wachtmeister Kalinke erzählt es jetzt überall rum. Marion hat wohl gemeldet, dass ihr Großvater verschwunden ist.«

»Wow! Nee, hatte ich noch nicht gehört.«

»Dann haltet mal Augen und Ohren offen, Harry. Und kommt nicht zu spät nach Hause. Wir braten Frikadellen, weil Luc die so gerne mag.«

Das Gespräch war beendet. Harry hatte ein mieses Gefühl im Bauch, weil er seine Mutter angelogen hatte. Jetzt merkte er erst, dass solch ein Schwur kein Kinderspiel war. Alle vier Verschwörer guckten sich verblüfft an. Dass sich Opa Charlys Verschwinden bereits im Dorf herumsprach, brachte vielleicht den gesamten Plan ins Wanken.

Kann die Erpressung trotzdem gelingen?
Lies morgen weiter!

11. Dezember

Die Stimme des Entführers

Sie berieten, ob sie Opa Charly die Neuigkeit sofort erzählen sollten. Er schlief doch gerade so fest.

Luc sagte: »Wir müssen ihn wecken. Es ist sein Plan, er muss entscheiden.«

Nach kurzem Zögern stimmten Yannick, Mirja und Harry zu. Yannick übernahm das. Er zupfte am Reißverschluss und sang: »Wachet auf, wachet auf, es krä-het der Hahn …«

Wie der Blitz fuhr Opa Charly in seinem Schlafsack hoch. »Was ist los?«

»Du wirst vermisst«, sagte Mirja.

Ziemlich aufgeregt berichtete Harry vom Anruf seiner Mutter und von Marions offizieller Vermisstenanzeige bei der Polizei. Und dass sich das nun schon im ganzen Dorf herumgesprochen hatte. »Bringt das jetzt deinen Plan durcheinander?«

Aber Opa Charly lachte nur. »Im Gegenteil! Auf diese Weise kommt Marcel noch mehr unter Druck. Ich will, dass ihm seine großartige Idee vom Fitnessstudio so richtig um die Ohren fliegt.«

»Dann bleibt also alles wie besprochen?«, fragte Mirja.

»Genau so«, bestätigte Opa Charly. Er schaute ganz entspannt auf seine Armbanduhr. »Ich schätze mal, Yannick kann in einer Viertelstunde mit der Erpressung beginnen. Freitags haben ja alle früh Feierabend. Ich trink bis dahin noch einen Kaffee.«

Luc nutzte die Gelegenheit für eine Frage, die ihm schon die ganze Zeit auf der Zunge lag. »Wie habt ihr eigentlich das Schloss am Drahtzaun geknackt? Ist doch ein total stabiles Ding.«

Mirja winkte lässig ab. »Kleinigkeit!« Sie zeigte auf Opa Charly. »Opa Charly hat damals mitgeholfen, als nach dem fürchterlichen Sturm der halbe Buchenberg wieder aufgeforstet wurde. Da wusste er natürlich auch, wie man das Schloss aufkriegt.«

»*Passepartout* nannte man das früher«, sagte Yannick. »Schon mal gehört?«

Luc schüttelte den Kopf.

»Das ist französisch. Heißt so viel wie: Passt auf alles. Ein Zentralschlüssel, der für alle Schlösser passt. Der hing noch von damals in Opa Charlys Werkzeugschrank. Ein echter Monsterschlüssel.«

»Schluss mit Gerede!«, forderte Opa Charly. »Es geht los.«

Mirja band ihrem Bruder ihren gelben Wollschal vor den Mund und verknotete ihn am Hinterkopf. Dann probierte Yannick, flüsternd und raunend seine Stimme zu verstellen. Das klappte prima. Redete da ein echter Gangster, eine zahnlose alte Frau oder ein Zombie? Jedenfalls hörte sich das ausgesprochen spukig an. Harry meinte, es könne sich auch um eine Krähe mit Keuchhusten handeln.

»Der Tonfall ist richtig«, entschied Opa Charly, »so erkennt dich kein Mensch. Hier ist der Text. Lies ihn noch mal durch.« Er reichte Yannick ein Blatt Papier, das mit Großbuchstaben beschrieben war. Mirja zückte ihr Handy.

Luc sagte: »Yannick, vergiss nicht, Mirjas Rufnummer zu unterdrücken, sonst kriegen die noch raus, wer anruft, und können unsere Position ermitteln.«

»Logisch, hältst du mich für doof?«

Harry knipste seine Stablampe an und gab Yannick Licht. Dann rückten alle ein paar Schritte vom Feuer weg, das Knistern sollte nicht zu hören sein.

Yannick tippte die Festnetznummer ein. Seine Hände zitterten ein wenig. Schnell räusperte er sich noch einmal, da meldete sich auch schon Marcels hektische Stimme.

»Hallo?«

Yannick mit Geisterstimme: »Hören Sie genau zu und stellen Sie keine Fragen. Wir haben Karl Merx in unserer Gewalt. Wenn Sie ihn …«

»Wer sind Sie? Mit wem spreche ich?«

Yannick zischte: »Sie sollen keine Fragen stellen! Wenn Sie ihn wiederhaben wollen, dann gehen Sie auf unsere Forderungen ein. Keine Polizei!«

»Wer, zum Teufel, sind Sie? Was wollen Sie?« Panik war jetzt in Marcels Stimme. »Soll das ein schlechter Scherz sein?«

»Keine Fragen! Wenn Sie wollen, dass diese Entführung gewaltfrei bleibt, dann tun Sie und Ihre Frau exakt das, was wir Ihnen sagen. Wir meinen es sehr ernst. Und jetzt denken Sie erst einmal gründlich nach, verstanden? Wir melden uns bald wieder. Ende!«

Yannick machte das Handy aus.

»Das war cool.« Mirja klopfte ihrem Bruder anerkennend auf die Schulter und löste den Schal von seinem Gesicht. »Daran werden Marion und Marcel erst mal ordentlich zu knacken haben. Hoffentlich lassen sie die Polizei aus dem Spiel, sonst wird's kompliziert.«

Opa Charly schmunzelte. Man konnte es am Zucken seines Rauschebartes erkennen. »Wir lassen sie jetzt ein Weilchen schmoren. Sie haben mich unfair hintergangen, nun sollen sie dafür büßen.«

Luc dachte an das tanzende Licht. War das erst gestern gewesen, dass er den Feuerschein im Wald beobachtet hatte und gleich ahnte, dass ein Abenteuer auf ihn wartete? Schon steckte er zusammen mit seinen Freunden mitten drin im Kriminalfall. Aber die Frage bedrückte ihn: Gibt es in diesem Fall einen guten Täter und zwei böse oder sogar drei böse? Er überlegte, ob es vielleicht zum Schicksal der Detektive gehört, dass sie nicht immer ganz genau wissen, ob sie auf der richtigen Seite stehen. Doch Luc pustete die Zweifel aus seinem Kopf. Der freundliche Opa Charly war betrogen worden und brauchte Hilfe. »Und ich gehöre zu seinem Helferteam«, flüsterte Luc vor sich hin. »Basta!«

»Hast du was gesagt?«, fragte Harry.

»Ich? Nö. Ich hab bloß laut gedacht. Dass ich echt kalte Pfoten habe.« Luc klatschte sich zum Aufwärmen in die Hände und betrachtete den alten Mann voller Mitleid und voller Bewunderung. Dass der das nun schon so lange in dieser Kälte aushielt! Und dann hier nachts ganz allein! Ob ihn das überhaupt nicht gruselte in dieser Ruine?

»Wann geht's denn weiter mit der Erpressung?«, fragte Luc.

Mirja, Yannick und Harry schauten Opa Charly erwartungsvoll an, denn er hatte das Kommando. Sie waren ziemlich aufgeregt. Das war ja schließlich für sie alle die erste richtige Entführung.

Mirja hüpfte nervös von einem Fuß auf den anderen. »Ja, Opa Charly, wie ist denn jetzt dein Plan?«

»Wie gesagt, die sollen sich jetzt erst mal den Kopf zerbrechen«, wiederholte Opa Charly völlig gelassen. »Hat jemand Lust auf ein Kartenspielchen?« Er zog ein Skatspiel aus der Bademanteltasche.

Luc suchte Harrys Blick. Eigentlich waren seine Finger viel zu klamm zum Kartenspielen, aber irgendwie mussten sie Opa Charly helfen, die Zeit herumzukriegen.

Harry zuckte mit den Schultern. Er spürte, dass er viel zu aufgeregt war, um sich auf ein Kartenspiel zu konzentrieren, und sein Magen fühlte sich an, als hätte er vorhin keine Printen, sondern Kieselsteine verdrückt. Außerdem musste er an Marion und Marcel denken. Die zwei machten sich bestimmt große Sorgen. Das hatte man deutlich an Marcels Stimme gehört. Und er fragte sich, ob sie sich mit dieser Aktion hier vielleicht sogar strafbar machten. Aber diese Gedanken behielt er lieber für sich.

»Eine Runde Karten zocken? Warum nicht«, sagte Luc schließlich lässiger, als ihm zumute war. Aber Harry sah ihm an, dass er sich bei der Nummer auch nicht richtig wohlfühlte.

Kriegt Harry plötzlich Bedenken?
Lies morgen weiter!

12. Dezember

Der Beweis

Harry atmete erleichtert auf, als Opa Charly endlich die Karten wieder in ihre Hülle steckte und erklärte, dass Marion und Marcel nun lang genug geschmort hätten.

Die Freunde waren alle nicht bei der Sache gewesen. Wer kann bitte schön seelenruhig Mau-Mau spielen, wenn man gerade mitten in einer ernsthaften Entführung steckt? Das konnte nur Opa Charly, der sich diebisch freute, dass er jede Runde gewonnen hatte.

»So, ich schlag mich mal eben in die Büsche und bring den Kaffee weg«, sagte er und humpelte steifbeinig hinter die nächste Mauer. »Dann rufen wir wieder bei Marion und Marcel an und machen denen ein bisschen Dampf.«

Während Opa Charly sich zum Pinkeln zurückzog, band Mirja ihrem Bruder schon mal den Schal vor den Mund. Ihr Handy hatte sie ihm bereits in die Hand gedrückt. Yannick kontrollierte zur Vorsicht noch einmal, dass die Nummer auch wirklich unterdrückt war. Seine Finger zitterten vor Aufregung, als er das Blatt Papier auseinanderfaltete, auf dem Opa Charly die Botschaft der Entführer aufgeschrieben hatte. Erst als der wieder zurück war, sich auf dem Baumstumpf niedergelassen und ihm mit einem Nicken ein Zeichen gegeben hatte, räusperte Yannick sich einmal kräftig und drückte dann die Wahlwiederholung.

Er trat näher an die anderen heran, damit alle gut mithören konnten.

Yannick erschrak, als Marcel sich direkt nach dem ersten Klingeln meldete. »Hallo?«

»Wir-wir gehen davon aus, dass Sie brav waren und die Polizei aus dem Spiel gelassen haben«, knurrte Yannick. »Ich werde Ihnen jetzt unsere Forderungen stellen. Wenn Sie Herrn Karl Merx unversehrt wiedersehen wollen, dann …«

Weiter kam Yannick nicht. Denn Marion hatte ihrem Mann offenbar das Telefon aus der Hand gerissen und keifte in den Hörer: »Wer auch immer Sie sind: Als Erstes wollen wir einen Beweis, dass es meinem Großvater gut geht.«

Yannick riss das Handy von seinem Ohr. Marions Stimme war dermaßen schrill. »Haben Sie mich verstanden? Wir wollen einen Beweis!«

Yannick blickte verwirrt in die Runde. Marion hatte ihn total aus dem Konzept gebracht. Opa Charly zeigte mit seinen Händen ein großes T – Time out! Yannick sollte das Gespräch beenden.

Doch Luc behielt einen kühlen Kopf: »Lass dir erst ihre Handynummer geben«, flüsterte er Yannick ins Ohr. »Ich hab eine Idee.«

Yannicks Stimme klang jetzt nicht mehr annähernd so bedrohlich. »Ha-Handynummer, also, wir brauchen dann Ihre Handynummer«, stammelte er.

Luc schnappte sich ein Stöckchen und kritzelte damit die Zahlen, die Marion diktierte, in die Asche am Rand der Feuerstelle. Und dann war das Gespräch auch schon beendet.

Opa Charly gab ein missmutiges Knurren von sich. So hatte er sich das gar nicht vorgestellt.

Harry legte ihm die Hand auf die Schulter. »Lass mal gut sein, Opa Charly. Der Luc, der weiß schon, was er tut. Ich hab doch schon erwähnt, dass er kriminalistische Fähigkeiten hat.«

Luc holte tief Luft. Situationen wie diese kannte er aus Krimis. »Dass sie erst mal einen Beweis wollen, war zu erwarten. Also kriegen sie ihren Beweis. Und was für einen!«

»Und wie soll der bitte schön aussehen, dieser Beweis?«, fragte Mirja. »Und wozu brauchen wir Marions Handynummer?«

Harry hatte schon längst eins und eins zusammengezählt. »Ist doch klar wie 'n Eiszapfen!«, rief er. »Wir drehen von Opa Charly ein Video, das wir Marion und Marcel dann schicken.

Opa Charly, du musst so tun, als hättest du richtig Angst vor deinen Entführern. Das kriegst du hin, oder?«

Der alte Mann gab wieder ein Knurren von sich. Ihm schien es nicht zu gefallen, dass Luc jetzt den Chefentführer machte. »Na gut«, sagte er. »Was soll ich tun?«

Mirja schnappte sich die Tageszeitung und drückte sie Opa Charly in die Hand. »Auf jeden Fall musst du die hier in die Kamera halten. Dann können alle sehen, dass das Video original von heute ist.«

Luc nickte Mirja anerkennend zu. Dass sie daran gedacht hatte, beeindruckte ihn. Zumindest ein bisschen.

Harry hatte plötzlich eine Idee. »Opa Charly, sag mal was, von dem Marion weiß, dass du das ganz schrecklich findest«, forderte er ihn auf. »Da gibt's doch bestimmt irgendwas.«

»Wirsingeintopf«, antwortete Opa Charly.

»Haben wir gerade nicht«, stellte Mirja nüchtern fest.

Doch während Opa Charly noch grübelnd auf seinem Baumstumpf hockte, brüllte Yannick: »Weihnachtslieder!«

»Waaas?«, fragten Harry, Luc und Mirja im Chor.

»Na, Weihnachtslieder halt.« Yannick zuckte mit den Schultern. »Stimmt doch, oder?«

»Stimmt, Yannick«, grummelte Opa Charly. »Wenn ich etwas hasse, dann sind es Weihnachtslieder. Vor allem mit Blockflöte!«

Luc schlug die Faust in die hohle Hand. »Okay, eine Blockflöte haben wir jetzt gerade auch nicht da. Aber welches Lied findest du am schrecklichsten?«

Da musste Opa Charly nicht lange überlegen und nickte, um zu zeigen, dass es losgehen konnte.

»Also, Opa Charly, du stellst dich am besten vor das Gebüsch da vorne«, sagte Luc. »Auf dem Video darf nichts zu sehen sein, was uns verraten könnte, klar?«

Luc denkt wirklich an alles, dachte Harry und fand, dass Opa Charly wie der perfekte Nikolaus aussah mit seinen schwarzen

Lederstiefeln, dem roten Bademantel, der hohen Pelzmütze und seinem dichten Rauschebart.

Während Yannick Mirjas Handykamera auf ihn richtete, stellte Opa Charly sich in Position und hielt sich die Zeitung vor die Brust.

»Singen kann ich«, sagte er. »Nicht gut, aber laut.«

»Hauptsache, es klingt, als würden deine Entführer dich so richtig in die Mangel nehmen«, sagte Mirja.

»Stell dir vor, du würdest in Eiswasser baden und dabei in eine Zitrone beißen«, sagte Harry.

Und Opa Charly legte mit dröhnender Bassstimme los. »Sü-hü-ßer d-die Glo-glocken nie kli-hi-ngen, a-hals zu der Wa-ha-inachtsza-aheit …«

Opa Charly erwies sich als grandioser Schauspieler. Die Freunde waren schwer beeindruckt. Sein Singsang klang so schaurig schräg, als stände ihm ein ausgewachsener Grizzlybär gegenüber, und seine Gesichtszüge waren zu lauter Runzeln verzerrt.

»Boah, klingt das gequält.« Mirja musste sich schütteln.

»Genau das muss es auch!«, sagte Yannick. Er stoppte die Videoaufnahme und hob den Daumen. »Entführer sind schließlich kein Kinderchor.«

»Jetzt ab damit zu Marion«, sagte Luc und hockte sich an die Feuerstelle, um Yannick die Handynummer zu diktieren.

Yannick schickte die Videobotschaft ab. Sie alle spürten: Dies war ein bedeutsamer Moment.

Und dann begann es zu schneien.

Mirja hob die Nase zum Himmel. »Ich glaube, wir müssen langsam nach Hause. Nicht, dass unsere Eltern misstrauisch werden.«

Wie werden Marion und Marcel auf das Video reagieren?
Lies morgen weiter!

13. Dezember

Wie lautet die Parole?

Für Harry und Luc kam es gar nicht infrage, zu Hause zu sitzen und abzuwarten. Ihre Gedanken kreisten die ganze Zeit um die Entführung. Und das, obwohl sie Unmengen von Frikadellen mit Senf verdrückt hatten und sich kaum mehr bewegen konnten. Sogar den süßen Milchreis mit heißen Kirschen lehnte Luc dankend ab, so voll war er.

Harry warf einen besorgten Blick aus dem Fenster, als sie sich in sein Zimmer zurückgezogen hatten. Klar wäre es jetzt verlockend gewesen, sich einfach unter die warmen Decken zu kuscheln und echt wahre Geistergeschichten zu erzählen. Aber jetzt hier einfach nur abhängen? Das ging gar nicht.

Draußen fiel der Schnee inzwischen in dichten Flocken. »Ist ja toll, dass es jetzt endlich schneit. Das ist viel, viel spannender als dieses Matschwetter. Aber hoffentlich geht das nicht die ganze Nacht so weiter«, sagte Harry. »Ich meine wegen Opa Charly. Ob der klarkommt da oben ganz allein auf dem Buchenberg?«

Luc versuchte, Harry zu beruhigen. »Der alte Pfadfinder wird schon wissen, was er tut. Außerdem haben Yannick und Mirja versprochen, morgen früh direkt zur Ruine raufzufahren, um ihm ein ordentliches Frühstück zu bringen. Frische Brötchen, Kaffee, Stinkekäse. Gut, dass morgen keine Schule ist.«

Luc dachte einen Moment nach. »Ich hätte ja zu gern vorhin bei Marion und Marcel Mäuschen gespielt. Würde mich echt interessieren, wie die auf das Video reagiert haben. Ob Marion überhaupt weiß, was ihr toller Ehemann da vorhat mit Opa Charlys Federvieh? Ich finde, es wird höchste Zeit, dass wir denen ein bisschen Dampf unterm Hintern machen. Was meinst du, Partner?«

Wie hätte Harry da widersprechen können? »Hast du schon einen Plan, Partner?«

Klar hatte Luc den. Er machte ein sehr entschlossenes Gesicht. »Wir sollten den beiden mal direkt unter die Nase reiben, worum es überhaupt geht und was für einen Unsinn sie da vorhaben. Oder besser: vor die Nase hängen! So, dass es das ganze Dorf mitkriegt.«

»Was meinst du?« Harry war plötzlich hellwach.

»Wart's ab! Hast du Farbe und irgendwas, wo wir was draufpinseln können? Tapete oder so? Oder am besten ein altes Bettlaken! Und 'ne Parole«, sagte Luc. »Wir brauchen ganz dringend 'ne Parole!«

Wo seine Mutter alte Bettlaken aufbewahrte, das wusste Harry zufällig. »Ja, kann ich organisieren. Und Wandfarbe und Pinsel haben wir auch noch irgendwo. Lass mich mal machen. Du kannst dir ja inzwischen eine Parole ausdenken!«

Harry ahnte, was Luc vorhatte. Er sauste zur Tür hinaus in den Keller. Dort fischte er ein löcheriges Laken aus einem Schrank und kramte Pinsel und eine Plastikflasche mit Farbe aus dem Werkkeller. *Kirschrot* stand drauf. Aber eigentlich sah es aus wie Blutrot. Perfekt!

Er musste aufpassen, dass seine Eltern ihm nicht über den Weg liefen. Neugierige Fragen konnte er jetzt gar nicht gebrauchen. Aber aus dem Wohnzimmer hörte er einen nervigen Showmaster aus dem Fernseher plappern. Alles easy also.

Lucs Begeisterung hielt sich in Grenzen, als Harry ihm das Laken präsentierte. »Ein Spannbetttuch? Ich hatte an so ein glattes Laken gedacht.«

»Wir haben aber keine anderen«, motzte Harry. »Wäre aber doch gelacht, wenn wir das damit nicht auch hinkriegen. Oder?« Harry hielt Luc die Faust hin. Luc boxte dagegen.

»Und jetzt? Wie lautet nun die Parole?«, wollte Harry wissen.

Luc zog die Brauen hoch und hob die Hand. »Langsam. Erst mal braucht unsere Gruppe einen richtigen Namen. Das machen Entführer immer. Macht einfach mehr Eindruck und klingt nach 'ner richtig gefährlichen Organisation.«

Harry war schwer beeindruckt. Dass Luc so was immer direkt auf dem Schirm hatte!

»Was hältst du von *Gruppe Gustav Ganter*?«

»G-G-G!«, rief Harry. »G wie genial!«

Aber bei der Parole musste Luc passen. »Da fällt mir gerade echt nichts Cooles ein. Totales Hirnvakuum. Das muss schließlich richtig Schmackes haben.«

Harry setzte sich auf den Boden und stützte das Kinn auf die Knie. Das half beim Nachdenken. »Also, die beiden müssen direkt sehen, worum es hier eigentlich geht. Also müssen die Hühner und Gänse drin vorkommen. *Finger weg von den Hühnern und Gänsen!* Oder: *Der Stall gehört dem Federvieh!* Oder so was in der Art.« Harry wusste selbst, dass seine Vorschläge noch ziemlich öde klangen.

Luc rümpfte die Nase. »Ein Reim wäre gut. Einer, den sich jeder sofort merken kann. Was reimt sich denn auf Hühner oder Gänse oder Stall …?«

»*Wer verkaufen will den Stall, hat den allergrößten Knall!*« Harry trommelte begeistert mit den Fäusten auf den Boden.

Doch Luc schlug nur die Hände vor das Gesicht und machte »Uah!«.

»Weißt du was Besseres?«, maulte Harry enttäuscht.

»*Alle hörn unser Geschnatter: Finger weg von unserm Gatter!*«, rief Luc und grinste wie ein Schneemann.

Jetzt kam auch Harry richtig in Fahrt mit seinem Dichtertalent, von dem er bisher gar nicht wusste, dass er es besaß. »Oder was hältst du davon? *Opa Charlys Federvieh: › Unser Gatter kriegt ihr nie!‹*«

»Das ist ganz großes Kino!«, rief Luc. »Das nehmen wir.«

Leichter gesagt als getan. Denn das Spannbettlaken sträubte sich vehement. Harry musste eine Art Spagat machen, um es irgendwie auf dem Boden glatt zu ziehen, damit Luc es mit großen Buchstaben bemalen konnte – oben die Parole, darunter der Name der Gruppe. Zwei Mal schmierte er dabei rote Farbe auf den Teppichboden, weil er die Löcher im Stoff übersehen hatte.

Harry musste noch ein bisschen in seiner Verrenkung aushalten, bis die Farbe richtig getrocknet war.

Luc betrachtete sein Werk und hob beide Daumen. »Das hat wirklich Schmackes«, stellte er fest. »Genauso, wie es sein soll. Ich sag dir, morgen trällert die ganze Nachbarschaft von Marion und Marcel die Parole.«

Harry spukte plötzlich ein Gedanke durch den Kopf, während er versuchte, mit einer nassen Socke, die er ins Blumengießwasser getunkt hatte, die roten Flecke aus dem Teppichboden zu entfernen. »Hoffentlich ist Opa Charly nicht sauer, wenn er von der Aktion erfährt«, sagte er. »Vielleicht findet er so einen Alleingang gar nicht witzig. Schließlich war das alles sein Plan. Wir hätten das eigentlich mit ihm absprechen müssen, oder?«

Doch Luc winkte entschieden ab. »Schon mal was von Teamwork gehört? Wir haben einen Eid geschworen und stehen für dieselbe Sache. Was soll Opa Charly schon dagegen haben?«

Harry zuckte mit dem Schultern. So wirklich überzeugt war er nicht.

Erst als Harrys Eltern ins Bett gegangen waren, schlichen die beiden Jungen auf Socken über den Flur und verließen das Haus durch die Hintertür. Die Schuhe zogen sie erst draußen an.

Dick eingemummelt in Winterjacke, Schal, Mütze und Handschuhe stapften sie durch den Schnee, der unablässig auf sie herabrieselte und angenehm auf der Nase kitzelte. Das Dorf lag dunkel unter einer dicken Schneeschicht. Diffus reflektierten die weißen Kristalle das warme Licht der Straßenlaternen.

Die Mission begann!

Haben Luc und Harry wirklich an alles gedacht?
Lies morgen weiter!

14. Dezember

Finstere Gestalten

Als Luc und Harry das Haus von Marcel und Marion erreichten, schlug die Uhr am nahen Kirchturm drei Mal. Viertel vor zwölf. Sie überquerten die Straße und kletterten über den alten Eisenzaun, hinter dem friedlich das große Grundstück lag. Der Schnee dämpfte alle Geräusche und es herrschte eine winterlich geheimnisvolle Stille.

Das Bettlaken erwies sich nun doch als echter Glücksgriff. Denn es ließ es sich mit wenigen Handgriffen oben und unten über die spitzen Zaunstreben spannen und so glatt ziehen, dass die Schrift super zu lesen war. Direkt gegenüber der Haustür, sodass Marion und Marcel die Botschaft garantiert nicht übersehen konnten.

Opa Charlys Federvieh: »Unser Gatter kriegt ihr nie!«

»Die werden Augen machen!« Da waren sich die beiden ganz sicher. Luc und Harry traten ein paar Meter zurück und betrachteten stolz ihr großartiges Werk, als plötzlich ohrenbetäubendes Schnattern, Flattern und Fluchen sie zusammenfahren ließ. Instinktiv duckten sie sich dicht an die Hauswand und hielten den Atem an.

»Ach, du Scheiße«, raunte Harry nach dem ersten Schreck. »Was geht denn da ab?« Der Lärm kam vom Gatter.

»Schwer zu sagen. Aber ich glaube, da stehen zwei Typen vor dem Tor«, flüsterte Luc. »Was machen die da?«

»Woher soll ich das wissen? Auf jeden Fall weiß ich, dass Gustav offenbar was dagegen hat. Hörst du das?«

Beide spähten hinüber in die Dunkelheit. Aber sie konnten nur die schwarzen Silhouetten der beiden Eindringlinge und einen wütenden Ganter erahnen, der mit weit ausgebreiteten Flügeln und gestrecktem Hals auf die Unbekannten losstürmte. Sie versuchten verzweifelt, sich gegen Gustavs Schnabelhiebe zu wehren. Der Gänserich stieß dabei ein solch wildes Gebrüll aus, dass nur einen Augenblick später ein Fenster aufgerissen wurde und Marcels Stimme über Lucs und Harrys Köpfe hinweg in die Dunkelheit dröhnte: »Hey, ist da jemand? Ich seh euch doch! Macht bloß, dass ihr verschwindet, oder ich ruf die Polizei! Habt ihr gehört? Soll ich erst rauskommen?«

Luc und Harry konnten sich später nicht mehr erinnern, ob es Marcels bühnenreifer Auftritt oder Gustavs gefährliche Attacke war. Jedenfalls machten sich die beiden finsteren Gestalten, so schnell sie konnten, auf und davon. Während Gustav noch eine Weile aufgeregt herumschnatterte, hatte Marcel das Fenster schon wieder geschlossen. Und schließlich hatte auch der Ganter sich wieder beruhigt. Leise rieselte der Schnee, als sei nichts geschehen.

Trotzdem warteten Luc und Harry noch ab, bis die beiden dunklen Gestalten laut fluchend ein ganzes Stück die Straße hinuntergerannt waren und das Licht hinter dem Fenster über ihnen ausging. Dann trauten sie sich langsam aus dem Schutz der Hauswand hervor.

»Was für eine Aktion war das denn?« Harry war noch völlig perplex. »Kann man denn nicht mal mehr ungestört Parolen an Zäune hängen?«, warf er den Flüchtenden empört hinterher.

»Psst!«, zischte Luc. »Nicht so laut, wir hatten echt Glück, dass uns bei dem ganzen Schnattern und Fluchen keiner bemerkt hat.«

»Was wollten die überhaupt hier?« Harry konnte sich kaum beruhigen und blickte suchend zu der Stelle, an der sich das Ganze abgespielt hatte.

»Das werden wir herausfinden, Doctor Watson«, sagte Luc mit gespieltem englischem Akzent. Es juckte ihn schon wieder in seiner Kriminalistenspürnase und die hatte ihn noch nie im Stich gelassen. »Kommen Sie mit, wir schauen uns das genauer an!«

Vorsichtig schlichen die beiden durch den Vorgarten weiter

in Richtung Gatter, stiegen, so leise sie konnten, über die gestutzte Buchsbaumhecke und näherten sich vorsichtig dem Gehege von Gustav und Co.

»Ich geh vor«, flüsterte Harry. »Gustav kennt mich. Bei mir wird er nicht so einen Radau machen wie gerade eben.«

Und tatsächlich. Der wachsame Ganter kam auf seinen großen Gänsefüßen an den Zaun gewatschelt, reckte den langen Hals und ließ sich von Harry genüsslich kraulen.

»Damit haben die Typen bestimmt nicht gerechnet«, sagte Harry und musste ein bisschen schmunzeln. »Gänse stellen jeden Wachhund in den Schatten. Die merken sofort, wer in ihr Revier darf und wer nicht. Das wussten schon die alten Römer. Als die Gallier mal vor zweitausend Jahren …«

»Komm, ist gut. Genug geschmust, du Gänseflüsterer«, unterbrach ihn Luc. »Deine Gänsestory kannst du mir später erzählen. Jetzt lass erst mal die Spusi vorbei.« Luc schob Harry zur Seite. Er schaute sich forschend um und bewegte sich dann, einen Fuß vor den anderen, behutsam auf das Tor des Gatters zu.

»Die was?«, fragte Harry, während er fleißig weiterkraulte.

»Die Spusi«, sagte Luc, ohne den Blick zu heben. »Die Spurensicherung. Das hier ist schließlich ein Tatort. Und den müssen wir sofort nach Spuren absuchen, die die Täter hinterlassen haben. Also lass deinen Gustav einen lieben Ganter sein und hilf mir bei der Spurensuche.«

»Sorry, Gustav. Sher-Luc Holmes ruft«, sagte Harry, schob sich die Wollmütze in die Stirn und stapfte Luc hinterher. Gustav begleitete ihn erwartungsvoll schnatternd auf der anderen Seite des Zauns. Aber jetzt gab es definitiv Wichtigeres zu tun, als Gänse zu kraulen.

Luc hatte die Taschenlampe an seinem Handy eingeschaltet. Er schwenkte den Lichtkegel vor sich hin und her und begann damit, die Wiese abzusuchen. Dicke weiße Flocken tanzten im grellen Schein und taumelten zu Boden. Der Schnee fiel immer dichter. Sie mussten sich beeilen, wenn sie noch brauchbare Spuren finden wollten. Der Erdboden entlang des Gatters war ohnehin schon ziemlich zertreten und der Schnee machte die Sache jetzt nicht gerade einfacher.

»Hier muss was zu finden sein«, murmelte Luc und versuchte, so überzeugend wie möglich zu klingen. »Gustav hat die beiden so in die Mangel genommen, dass sie gar nicht mehr darauf achten konnten, ihre Spuren zu beseitigen.«

Mit Adleraugen suchten die beiden den Zaun und den Boden rund um das Tor zentimeterweise ab, während ihnen die Kälte immer weiter in die nassen Klamotten kroch. Es war schon eine Weile her, dass sie sich mit ihrem Bettlaken-Banner unterm Arm aus dem Haus geschlichen hatten. Und eigentlich säßen sie längst wieder im Warmen, wenn da nicht diese geheimnisvollen Typen aufgetaucht wären und ihren ganzen Zeitplan durcheinandergebracht hätten.

Am zitternden Handylicht merkte Harry, dass nicht nur er selbst, sondern auch der erfahrene Kriminalist Luc mächtig fror. Er wollte gerade vorschlagen, dass sie morgen wieder herkommen könnten, um die Suche bei Tageslicht fortzusetzen, als Luc plötzlich abrupt stehen blieb.

»Bist du festgefroren?«, fragte Harry albern.

»Bäm! Bingo! Wer sagt's denn!«, triumphierte Luc. »Guck dir das an! Diese Spuren werden uns verraten, wer die beiden Gauner sind. Und dann kriegen wir auch raus, was die hier wollten.«

Luc machte mit seinem Handy schnell ein paar Fotos von der Fundstelle. Und im Blitzlicht erkannte auch Harry plötzlich, was sie da gefunden hatten.

Was für Spuren haben Luc und Harry entdeckt?
Lies morgen weiter!

15. Dezember

Schmerzhafte Begegnung

Nach ihrer nächtlichen Aktion waren Luc und Harry, ohne im Haus Licht zu machen, direkt in Harrys Zimmer verschwunden. Nichts wie raus aus den nassen, kalten Klamotten und über die Heizung damit. Dann schlüpften sie unter ihre Bettdecken und fanden, dass sie ihren Plan ziemlich cool ausgeführt hatten. Was Opa Charly wohl dazu sagen würde? Aber noch viel mehr gingen ihnen die Spuren durch den Sinn, die sie im Schnee gefunden hatten. Luc und Harry hatten sich die Fotos auf dem Handy vor dem Einschlafen noch einmal genau angesehen.

Luc brachte es scharfsinnig auf den Punkt: »Das ist kein normaler Schuhabdruck. Schau dir nur mal diese auffälligen Zacken am Rand an. Wie Sägezähne!« Dann zoomte er einen bestimmten Bildausschnitt heran. Und Harry, der sich schon müde die Augen rieb, war plötzlich wieder hellwach. Diese leuchtend roten Punkte im weißen Schnee hatte er vorhin total übersehen. »Und das, Alter«, erklärte Luc ernst, »das sieht mir schwer nach einer Blutspur aus.«

»Autsch, da hat Gustav wohl einen von den beiden heftig erwischt. Ich sag doch, mit dem ist nicht zu spaßen.«

»Ja, jahh«, gähnte Luc, »das wussten schon die alten Römer. Und ich weiß, dass wir morgen einen harten Tag vor uns haben. Also: Augen zu und bubu.«

Luc und Harry träumten: von flügelschlagenden Gänserichen, die dunkle Gestalten verfolgten, die zu fliehen versuchten, aber nur im Zeitlupentempo vorwärtskamen. Das wütende Schnattern verhallte im Schneegestöber, das dichter und dichter wurde, bis alles nur noch weiß und still war.

Es war Harrys Handy, das die beiden Tiefschläfer mit »Merry Xmas« von Slade unsanft aus dem Schlaf riss.

»Das ist jetzt nicht wahr, oder?« Harry wand sich aus dem

Bett und fummelte sein Handy aus der Jackentasche. Anruf von Mirja. »Was gibt's? Und guten Morgen erst mal.«

Luc setzte sich auf und konnte dabei zusehen, wie Harrys Gesichtsausdruck von genervt über erstaunt zu echt besorgt wechselte. Das sah gar nicht gut aus.

»So ein Mist!« Harry rieb sich die Stirn. »Mirja und Yannick sind doch heute Morgen schon früh hoch zu Opa Charly. Der saß jammernd vor seinem Zelt. Sagt, er hat sich gestern Abend den Fuß verknackst. Der wird jetzt immer dicker und blauer und tut höllisch weh. Wie's aussieht, muss er damit zügig zum Arzt.«

»Aber das schaffen die nicht allein!« Luc sprang auf und griff nach seinen Klamotten. »Los, Harry, Frühstück gibt's später. Wir müssen einen Krankentransport unter erschwerten Bedingungen organisieren.«

Luc und Harry spurteten aus dem Haus und machten sich auf den Weg zur Ruine. Unterwegs riefen sie noch einmal Mirja und Yannick an. Sie sollten warten, bis die Verstärkung eintraf, damit sie gemeinsam den alten Knaben sicher und wohlbehalten ins Dorf und zum Arzt eskortieren konnten.

Es hatte die ganze Nacht durch geschneit. Luc und Harry kamen nur langsam voran und schnauften ganz schön, als sie Opa Charlys Lager endlich erreichten. Die kalte Winterluft schnitt bei jedem Atemzug wie scharfe Eiskristalle.

Mirja und Yannick hatten schon das Lastenfahrrad zum Zelt geschoben, vor dem Opa Charly dick eingemummt saß und sich mit verzerrtem Gesicht den Knöchel rieb.

»Was ist passiert?«, wollten Luc und Harry wissen. Opa Charly räusperte sich ausgiebig. Die Sache schien nicht nur ziemlich schmerzhaft, sondern ihm auch peinlich zu sein.

»Ich war nur kurz hinters Mäuerchen. Der viele Tee, ihr wisst schon. Bloß drei Schritte da rüber ins Gebüsch, da steht im Dunkeln plötzlich jemand vor mir. Riesig groß! Bestimmt zweifünfzig. Ich war total erschrocken. Stolper rückwärts und fall über so einen blöden Ast, der da überhaupt nichts verloren hat.«

»Und dann?«, bohrte Luc nach. »Raus mit der Sprache. War's der Weihnachtsmann oder hat der Yeti sich verlaufen?«

»Da lache ich später mal drüber, du Komiker.« Opa Charly war gar nicht gut drauf. »Der Schulze-Nortmann war's. Der mit der Tannenplantage hier. Den hatte ich ja für alle Fälle eingeweiht. Er wollte bloß schauen, ob alles in Ordnung ist.«

»Und dabei hast du dir dann den Fuß verknackst. Echte Tragik.« Luc sah sich den lädierten Fuß näher an. »Ganz schön geschwollen. Der ist bestimmt nicht nur verknackst.«

»Schulze-Nortmann hat mir noch zurück zum Zelt geholfen und wollte mich zum Arzt fahren. ›Lass mal‹, hab ich gesagt, wird schon nicht so schlimm sein. Dachte ich. Falsch gedacht, wie man sieht. Seit heute Morgen tut es richtig übel weh.«

»Warum hast du nicht angerufen? Du hast doch ein Handy«, fragte Yannick.

»Das ist mir beim Sturz aus der Hosentasche gefallen. Außerdem wusste ich doch, dass ihr heute Morgen raufkommt.«

Typisch Opa Charly, dachte Mirja nur, macht erst mal einen auf harter Kerl. »Dann lasst uns jetzt mal in die Gänge kommen.« Sie wurde langsam ungeduldig. Mit Opa Charly im Lastenfahrrad würde die Fahrt ins Dorf alles andere als leicht werden. Der Hinweg war schon heftig gewesen, über Nacht war der Boden gefroren und an vielen Stellen war es jetzt spiegelglatt.

»Mirja hat recht«, stimmte Harry zu. »Wir packen schnell noch Opa Charlys Sachen ein und dann nichts wie los. Das Zelt müssen wir später holen.«

»Wie wär's mit Frühstück to go? Wir hätten Brötchen, Kaffee, Käse mit Geruch …« Yannick schaute fragend Opa Charly an.

»Bedient euch ruhig«, antwortete der. »Mein Appetit ist gerade sehr überschaubar. Und außerdem ärgert es mich maßlos, dass mein ganzer schöner Plan gerade den Bach runtergeht.«

Luc und Harry, denen jetzt echt der Magen knurrte, schoben sich jeder ein Kürbiskernbrötchen in den Mund. Ohne Käse.

»Wart's ab, Opa Charly«, sagte Harry mit vollen Backen. »Wir haben schließlich einen Schwur abgelegt. Und das bedeutet auch: Einer für alle und alle für Opa Charly.«

Während Yannick, Mirja und Harry Opa Charly in die Box des Lastenfahrrads halfen, schnappte sich Luc Opa Charlys Rucksack und stopfte alles hinein, was noch so im Zelt herumlag und besser nicht hierbleiben sollte. Kaffeebecher, Campinglampe, Bücher und natürlich das Kartenspiel.

»Beeil dich, Luc!« Sie hatten Opa Charly seinen Schal umgelegt und über die Trappermütze noch die Kapuze des roten Mantels gezogen. Das Bein mit dem lädierten Fuß wurde auf dem Rand hochgelagert und mit einer Decke umwickelt. In den Stiefel passte der angeschwollene Fuß nicht mehr.

»Ich komm mir vor wie so'n verhinderter Nikolaus«, knurrte Opa Charly.

»Ehrlich gesagt, siehst du auch genauso aus«, frotzelte Yannick. »Also los, die Rentiere sind gesattelt!«

Mirja grinste zu Yannick mit seiner rot gefrorenen Nase hinüber. »Und du siehst aus wie Rudolf das Rentier.«

»Harry, fahr schon mal den Wagen vor«, sagte Luc. »Ich schau bloß, ob ich vielleicht das Handy finde.« Luc ging noch einmal zu dem Gebüsch, in dem Opa Charly gestürzt war. Schon wenig später kehrte er mit einem Grinsen im Gesicht zurück.

»Und?«, drängte Harry bibbernd. »Handy gefunden?«

Luc schüttelte den Kopf. »Das Handy nicht. Aber etwas viel Interessanteres.« Er zwinkerte Harry zu.

»Spann uns nicht auf die Folter, Alter. Sag schon!« Yannick und Mirja merkten, dass Luc und Harry offenbar mehr wussten als sie, und wollten jetzt erfahren, was Sache war.

»Genau, keine Geheimnisse vor mir«, brummte Opa Charly. »Das ist schließlich immer noch meine Entführung! Aber das muss jetzt trotzdem warten. Mein Fuß, liebe Leute, mein Fuß!«

Welchen Hinweis hat Luc gefunden?
Lies morgen weiter!

16. Dezember

Eine rasante Rutschpartie

Ein Blick in Opa Charlys käseweißes Gesicht genügte: Für Erklärungen von Luc und Harry war jetzt keine Zeit.

»Wir sollten zusehen, dass wir schnellstens zum Arzt kommen«, forderte Harry. »Ich würd mal sagen, Opa Charly braucht dringend was gegen die Schmerzen.«

»Ja, direkt zu Doc Lebkücher«, erwiderte Mirja. »Opa Charlys Hausarzt. Ich hab schon angerufen. Zum Glück hat der heute Notdienst.«

»Dann steig ich mal in den Sattel«, sagte Yannick und kletterte hinter den Lenker des unhandlichen Vehikels. Er war definitiv der Kräftigste von ihnen. Aber bei dem Gedanken an die Schlitterpartie mit einem lädierten Opa Charly in der Lastenbox trat sogar ihm trotz der Kälte der Schweiß auf die Stirn. Fest umfasste er die Lenkergriffe, während die anderen an allen Seiten mit anpackten, um das Gefährt über die Piste zum Forstweg hinter dem Tor zu schieben, wo Yannick und Mirja ihre Räder abgestellt hatten. Weil sie den Zweigen, Wurzeln und Steinen unter dem vielen Schnee nicht ausweichen konnten, ruckelte es immer wieder ordentlich. Und jedes Mal jammerte Opa Charly wie ein wütender Weihnachtstroll: »Au, tut das weh! Himmel, Arsch und Zwirn!«

»Der Forstweg ist zwar nicht geräumt, aber immerhin nicht so eine Buckelpiste wie das hier«, versuchte Mirja, ihn aufzumuntern. »Und danach ist das Gröbste überstanden.«

Auf der Straße waren die Räumfahrzeuge schon vor einer Weile unterwegs gewesen, allerdings hatte das Streusalz den Schnee in eine glitschige Sülze verwandelt.

Luc schnappte sich Yannicks Mountainbike, Harry Mirjas Hollandrad. »Los, Mirja, kleine Schlittenfahrt mit Chauffeur?« Mirja stieg auf den Gepäckträger und schlang die Arme um

Harrys Bauch. »Fahr bloß vorsichtig!«, warnte sie. »Das war schon auf dem Hinweg ein Höllenritt!«

»Zur Not haben wir ja deine Stützfüße«, sagte Harry und setzte das Fahrrad ganz, ganz langsam in Bewegung.

Luc kam auf Yannicks Mountainbike mit den dicken Geländereifen ganz gut vorwärts. Und jetzt, wo der Untergrund zumindest eben war, fühlte sich auch Yannick auf seinem großen Dreirad immer sicherer.

»So, festhalten, Opa Charly, es geht bergab!« Yannick trat mit voller Kraft in die Pedale.

Opa Charly, der in einer ziemlich unbequemen Haltung kauerte, hielt sich tapfer an den Seiten der Transportkiste fest. »Du weißt ja schon, dass ich ein alter Nikolaus mit einem kranken Fuß bin und kein Yogi mit Gummiknochen, ja?«, rief er in den Fahrtwind, der ihm kalt ins Gesicht blies.

Yannick konnte jetzt richtig Tempo machen, denn mit dem Gewicht von Opa Charly vorne in der Box lag der Krankentransporter erstaunlich gut auf der Straße. Der Schneematsch spritzte nur so zu den Seiten weg.

»Yippie, hier kommt der Rentierschlitten im Gleitflug!« Yannick duckte sich windschnittig über den Lenker des Lastenrads, die nächste Kurve fest im Blick.

»Yannick! Yanniiick!« Opa Charly drückte mit der einen Hand seine Nikolausmütze auf den Kopf und klammerte sich mit der anderen immer fester an den Rand der Box.

Die anderen waren ein Stück zurückgefallen und riefen Yannick hinterher: »Hey! Du bist nicht auf dem Nürburgring!«

Aber genau so fühlte es sich für Yannick an. Wie auf Kufen glitt das Lastenrad durch die erste Kurve. Das funktionierte super. Was gar nicht funktionierte, war das Bremsen.

Und es ging immer steiler bergab.

»Warum bremst der denn nicht?«, rief Mirja, die an Harry vorbeispähte und das verrückte Nikolausgespann auf die nächste Kurve zuschlittern sah. »Verdammt, warum bremst der nicht?«

Aber da waren Yannick und der Nikolaus mit ihrem Lastenrad-Krankentransport-Schlittengespann schon aus der Kurve geflogen und in einer riesigen Schneewehe verschwunden.

Mirja stieß die Hacken in den Schnee und sprang gleichzeitig mit Harry vom Rad. Luc versuchte, eine Vollbremsung zu machen, und kam gefährlich schlitternd gerade noch zum Stehen.

Dann standen sie vor dem Schneehügel, aus dem seltsame Laute kamen. Jammern, Stöhnen, Prusten – alles durcheinander.

»Mann, du Quarkschädel«, hörten sie Opa Charly, der fluchend versuchte, sich aus dem Schnee zu befreien. »Jetzt hilf dem alten Mann wenigstens raus aus dem Schlamassel!«

Während Yannick kichernd aus dem Graben gekrochen kam, zogen Mirja, Harry und Luc Opa Charly vorsichtig aus dem umgekippten Lastenrad.

»Eher mittelwitzig, Kamerad«, maulte der, auf einem Bein balancierend, und warf Yannick einen mittelbösen Blick zu.

In dem Moment näherte sich hinter ihnen ein Motorengeräusch und ein tannengrüner Unimog hielt neben ihnen im knirschenden Schnee. »Da komm ich wohl gerade recht!«, rief der Fahrer durchs geöffnete Seitenfenster. Er deutete hinter sich auf die Ladefläche, auf der eine Fuhre Weihnachtsbäume festgezurrt war. »Bin gerade auf dem Weg zum Weihnachtsmarkt.«

Yannick hob grüßend die Hand. »Hallo, Herr Schulze-Nortmann, das ist ja ein prima Zufall. Wir haben hier auf dem Weg zum Doc einen kleinen Stunt geprobt.«

»Habt ihr das wenigstens gefilmt?« Schulze-Nortmann grinste breit. »Na los, Karl, steig ein! Scheint mir sicherer.« Er stieß die Beifahrertür auf. »Ich hatte gestern Abend schon angeboten, ihn zum Arzt zu fahren. Aber er wollte ja nicht.«

Opa Charly quälte sich hinauf ins Fahrerhaus. Harry stieg hinterher, um ihm beim Anschnallen zu helfen, und beugte sich über den Sitz. Als er den Gurt ins Schloss steckte, fiel sein Blick auf Schulze-Nortmanns Füße.

»Cooles Schuhwerk!« Harry deutete auf Schulze-Nortmanns Stiefel. Diese auffälligen Zacken am Rand der Sohle erkannte er doch sofort!

»Kann man wohl sagen!«, antwortete Schulze-Nortmann. »Das sind die *Schnittnix 2000 Sicherheitsstiefel*. Mit integriertem Schneidschutz und verstärkter Spezialsohle. Daran beißt sich jede Kettensäge die Zähne aus. Bei dem Wetter gibt's nichts Besseres. Stylish, was?«

»Aber hallo!« Harry hob den Daumen, ohne sich anmerken zu lassen, dass er da gerade eine enorm wichtige, wenn nicht sogar die entscheidende Beobachtung gemacht hatte. Sie brauchten bei ihren Ermittlungen dringend einen Durchbruch, denn Luc und er hatten nur dieses Wochenende. Und morgen Abend musste Luc schon wieder nach Hause fahren.

Harry ließ den Gurt ins Schloss schnappen und sprang vom Fahrerhaus in den Schnee. »So, Opa Charly, kann losgehen! Wir sehen uns dann bei Doktor Lebkücher!« Und zu Herrn Schulze-Nortmann: »Opa Charly wird da schon erwartet!«

Harry schlug die Tür zu.

»Alles klar!«, rief Herr Schulze-Nortmann durch das offene Fenster und das schwere Allradfahrzeug bahnte sich lässig brummend seinen Weg durch den kalten Schneematsch.

»Dann packt mal an, Leute!«, sagte Yannick. Nachdem sie gemeinsam das Lastenrad aus der Schneewehe befreit hatten, schwang sich Harry direkt in den Sattel. »Darf ich bitten, Holmes, ich hab noch einen Platz frei!«

»Aber gern, Watson«, antwortete Luc und stieg in die Ladebox. Mirja und Yannick fuhren auf ihren Rädern voraus, die beiden Detektive folgten ihnen. In sicherem Abstand, denn Harry musste Luc unbedingt noch auf dem Weg ins Dorf von seiner Entdeckung berichten.

Welche Beobachtung hat Harry gemacht?
Lies morgen weiter!

17. Dezember

Der Moment der Wahrheit

Vor der Praxis von Doktor Lebkücher nahmen die Freunde Opa Charly wieder in Empfang und Herr Schulze-Nortmann verabschiedete sich. »Alles Gute, Karl!«

Im Wartezimmer waren die Freunde mit Opa Charly allein.

»Hoffentlich dauert es nicht so lange«, knurrte Opa Charly mit verzerrtem Gesicht. Die Fahrt vom Buchenberg runter hatte ihm wirklich den Rest gegeben. »Krieg ich jetzt in der Zwischenzeit mal einen Bericht von euch Weihnachtswichteln?«, drängte er.

Eine Weile druckten Harry und Luc herum. Jeder wollte es gern dem anderen überlassen, Opa Charly die nächtliche Aktion zu beichten. Aber jetzt, da sie diese Entdeckung gemacht hatten, würde Opa Charly vielleicht sogar stolz auf sie sein?

Harry holte tief Luft. »Okay, also, die Sache ist die: Luc und ich, wir dachten, wo Yannick doch gestern am Telefon keine Forderung mehr stellen konnte, da müssten Marion und ihr toller Marcel trotzdem wissen, was Sache ist, und da haben wir uns was ausgedacht …«

Abwechselnd erzählten Harry und Luc von dem bemalten Bettlaken und der Parole, von dem Namen, den Luc erfunden hatte, und ihrem brandgefährlichen mitternächtlichen Einsatz beim Aufspannen des Lakens. Und davon, wie Gustav Ganter todesmutig die beiden Gangster in die Flucht geschlagen hatte.

»Die waren plötzlich da am Gatter!«, rief Luc aufgeregt. »Zwei Typen. Wir konnten nur ihre Silhouetten sehen.« Er breitete die Arme aus. Yannick und Mirja staunten nur.

»Gustav ist sofort auf sie losgegangen«, berichtete Harry. »Tja, wer sich mit Gänsen nicht auskennt, ist halt selber schuld. Die alten Römer wussten ja schon, dass …«

»Ja, schon gut!«, rief Opa Charly und deutete auf Lucs Handy. »Und was hat das jetzt mit diesen Fotos da zu tun?«

Luc hielt das Smartphone so, dass alle einen guten Blick darauf hatten, und wischte von einem Foto zum anderen. »Das hier sind die Spuren, die wir am Gatter gefunden haben. Dreimal dürft ihr raten, wo ich die anderen entdeckt habe.«

»Etwa vorhin in der Ruine?« Mirja riss die Augen auf.

»Korrekt«, antwortete Luc.

»Die sehen ja total gleich aus!«, erkannte Yannick messerscharf. »Könnten also tatsächlich von ein und derselben Person stammen! Das ist ja der Hammer.«

»Jawoll!«, bestätigte Harry. »Und ich hab sie vorhin im Auto auch wiedererkannt. Der Schulze-Nortmann trägt genau solche Stiefel mit so einem Profil. *Schnittnix 2000 Sicherheitsstiefel*. Mit integriertem Schneidschutz und …«, hier machte er extra eine Pause, »mit verstärkter Spezialsohle. Daran beißt sich jede Kettensäge die Zähne aus.« Harry verschränkte die Arme vor der Brust und nickte.

Jetzt wedelte Opa Charly mit der Hand in der Luft herum. »Papperlapapp! Was sollte der denn nachts im Auslauf zu schaffen haben! Der Schulze-Nortmann? Niemals!«

Die Freunde aber warfen sich vielsagende Blicke zu. So viel war schon mal klar: Der Besitzer der Weihnachtsbaum-Schonung war jetzt ein Verdächtiger. Es sei denn, er hatte ein stichhaltiges Alibi. Aber das ließ sich ja ganz unauffällig überprüfen.

»Opa Charly, wann genau gestern Abend ist das denn eigentlich passiert mit deinem Sturz?«, fragte Luc. »Ich meine, bestimmt will der Doc das gleich wissen.«

Aber Lucs Alibi-Überprüfungsversuch ging ziemlich daneben, denn Opa Charly antwortete: »Keine Ahnung, meine Sonnenuhr war gerade außer Betrieb.«

»Das Rote da auf dem ersten Bild ist übrigens Blut«, erklärte Luc sachlich. »Einer von den Typen hat sich also vermutlich derbe verletzt.« Und fügte mit einem Schmunzeln hinzu: »Oder Gustav hat ihn gebissen!«

»Moment mal!« Harry zog das Smartphone zu sich heran.

»Ich glaube auch nicht, dass es Schulze-Nortmann war. Der hat nämlich ziemliche Minifüße, das ist mir vorhin aufgefallen. Aber die Abdrücke im Gatter, die haben eher Yetigröße.«

»Scharf beobachtet«, lobte Luc. Der Größenvergleich mit einem Eimer, der am Bildrand zu sehen war, war eindeutig. »Aber immerhin kennen wir jetzt die Marke.«

Harry fragte sich, ob sie von Opa Charly jetzt noch eine Standpauke wegen ihrer Bettlakenaktion zu hören kriegten. Da ging auch schon die Tür zum Wartezimmer auf und Frau Bach-Stelze, die pummelige Sprechstundenhilfe, schob einen Rollstuhl herein. Auf ihrem Kopf steckte ein alberner Haarreif mit einem rot blinkenden Rentiergeweih.

»So, Herr Merx, dann wollen wir mal.«

»Von Wollen kann keine Rede sein«, erwiderte Opa Charly griesgrämig. »Und den Rollstuhl brauche ich nicht.«

»Oh doch«, sagte Frau Bach-Stelze mit einem Blick, der keinen Widerspruch duldete. Dann drückte sie Opa Charly vorsichtig, aber bestimmt auf den Sitz und blickte in die Runde. »Da haben Sie ja einen tollen Club dabei.«

»Ehrensache, wir helfen, wo wir können«, sagte Yannick.

»Ihre Enkelin wird auch gleich hier sein«, fügte die Sprechstundenhilfe hinzu. »Wir haben sie direkt angerufen. Sie werden ja schon überall gesucht. Polizeimeister Kalinke …«

Opa Charly bremste ihren Redeschwall, indem er entschlossen die Hand hob und ihr ins Wort fiel: »Könnten wir uns jetzt bitte erst mal um diesen dicken blauen Fuß kümmern?«

Energisch und ein bisschen eingeschnappt schob Frau Bach-Stelze Opa Charly zum Behandlungsraum. Und mit einem »Ho-ho-ho!« verschwand Opa Charly durch die Tür.

»Hoffentlich ist das nichts Schlimmes«, sagte Mirja besorgt. »Mann, Mann, das war dann wohl das Ende der Entführung. Jetzt fliegt der ganze Schwindel bestimmt auf.«

Und wie auf das Stichwort wurde die Tür zur Praxis aufgerissen. Marion kam mit Marcel und einem Schwall eiskalter Luft hereingeschneit. Sie stürmte auf den Empfangstresen zu, als sie mitten in der Bewegung wie angewurzelt stehen blieb und in den Wartebereich starrte. »Ihr? Was macht ihr hier?«

»Öhm«, sagte Yannick.

»Wir, also …«, sagte Mirja.

Harry und Luc warfen sich vielsagende Blicke zu. Jetzt war Improvisation angesagt.

Marion kam langsam auf sie zu und stemmte die Fäuste in die Seiten. »Jetzt erzählt mir bloß nicht, dass ihr nicht hinter der ganzen Sache steckt.« Sie ließ den Blick von einem zum anderen wandern und drohte mit dem Zeigefinger. »Gruppe Gustav Ganter, wie? Dann seid ihr das doch auch heute Nacht im Auslauf gewesen, was?«

Harry sprang auf und hob die Schwurhand. »Nein, Marion, das waren wir definitiv nicht!« Aber die hörte gar nicht hin.

Jetzt hob auch Yannick beschwichtigend die Hände. »Also, Marion, das alles sollte dir besser Opa Charly selbst erklären.«

Opa Charly. Jetzt fiel Marion wieder ein, weshalb sie überhaupt hier war. Mit einem Ruck drehte sie sich um und marschierte zum Tresen. »Was ist denn jetzt mit meinem Großvater? Wie geht es ihm? Und wo ist er? Kann ich mit ihm sprechen?«

»Vielleicht nehmen Sie noch einen Moment Platz«, sagte Frau Bach-Stelze. »Der Herr Merx ist noch im Gipsraum.«

Es dauerte gar nicht mehr lange, bis die Tür aufging und Opa Charly im Rollstuhl herausgeschoben wurde. Den Fuß in schneeweißem Gips, ein breites Grinsen im Gesicht, machte er das Victory-Zeichen.

Und als er Marion und Marcel erblickte, knurrte er, noch bevor Marion etwas sagen konnte: »Gibt's bei euch ein vernünftiges Frühstück? Mir knurrt der Magen. Und die vier da«, er zeigte auf sein Rettungsteam, »die kommen mit.«

Kommt es jetzt zum großen Streit?
Lies morgen weiter!

18. Dezember

Ein sehr deftiges Frühstück

Lass mich den Rollstuhl schieben«, sagte Marcel, als sie alle zusammen auf dem schneeweiß bedeckten Gehweg standen. Aber Marion war auf hundertachtzig und musste sich irgendwie abreagieren. Also schob sie Opa Charly allein den ganzen Weg nach Hause. Und obwohl ihr beinahe der Kragen platzte, sagte sie dabei kein einziges Wort.

»Rein mit euch«, sagte Marcel und schloss auf. »Hängt eure Klamotten einfach irgendwohin, wo Platz ist.« Luc, Harry, Mirja und Yannick traten in die Diele und staunten über das schöne alte Haus und die vielen alten Möbel. »Wow, voll gemütlich«, sagte Harry.

»In der Truhe sind noch tiefgekühlte Brötchen«, sagte Marion, deren Stimmung ebenfalls deutlich unter dem Gefrierpunkt lag, zu Marcel. Opa Charly winkte den vier zu, ihm zu folgen. »Kommt! Ab in die Küche, da ist Platz für alle, und ich kann mit meinem Rollstuhl unfallfrei einparken.«

Die Küche war erfüllt mit dem Duft von heißem Kakao und knusprig-warmen Brötchen, in den sich das Aroma von Orangen und Spekulatius mischte. Das Frühstück war richtig klasse. Opa Charly und seine vier Freunde hauten mächtig rein.

Aber dann war auch schon Schluss mit der vorweihnachtlichen Stimmung.

»So, meine Lieben«, brach Marion endlich ihr Schweigen. »Ich denke, wir haben jetzt einiges zu klären!« Sie sah Opa Charly mit durchdringendem Blick an. »Jetzt sag mir bitte, was dieser ganze Entführungshokuspokus sollte! Hast du überhaupt eine Ahnung, was für einen Schrecken du uns eingejagt hast?« Dann legte sie gleich nach: »Und dann dieses alberne Bettlaken da draußen am Zaun! Was soll das überhaupt mit dieser Gruppe Gustav Ganter und wer, zum Teufel, waren diese Idioten, die fast das Gatter aufgebrochen hätten?« Marion stand kurz davor zu explodieren. »Ich hab natürlich sofort Polizeimeister Kalinke verständigt.«

Opa Charly schob sich seelenruhig den letzten Bissen von seinem Brötchen in den Mund und nickte bedächtig. »Bei der Beantwortung deiner Fragen können dir sicher unsere kriminalistischen Freunde hier weiterhelfen, meine Liebe.« Opa Charly schaute in die Runde und blickte in vier gespannte Gesichter. Nur Marcel wich Opa Charlys Blick aus.

Marion lehnte sich zurück und verschränkte die Arme. »Also? Ich höre!«

»Du und Marcel, ihr habt mich übers Ohr gehauen.«

Marion sah Opa Charly mit großen Augen an. »Was haben wir?«

»Dein lieber Marcel will den Garten und den Gänseauslauf für ein Fitnessstudio plattmachen! Gustav Ganter und sein Federvolk rausschmeißen, nur damit irgendwelche Dumpfbacken mit ihren Muckis rumprotzen können! Und das, Marion, ist gegen unsere Vereinbarung!«

Marion schaute verlegen. »Wie kommst du denn auf so was?«, fragte sie Opa Charly, obwohl sie genau wissen musste, dass er sie längst durchschaut hatte.

»Thiekötter, der Wirt vom Habichtshof, hat es mir gesteckt. Er hat gehört, wie Marcel und sein Kumpel letztens darüber gesprochen haben. Und dann hat er auch noch eine Liste gefunden, auf der stand, welche Fitnessgeräte angeschafft werden müssen. Die hatten die beiden da auf dem Tisch liegen gelassen.« Opa Charlys Stimme schwankte zwischen richtig sauer und richtig traurig. »Deswegen komm ich dadrauf.«

Marion rührte betreten in ihrem Kaffee. Dann blickte sie Marcel an, der sich die ganze Zeit im Hintergrund gehalten hatte.

»Die Sache ist die, Opa Charly«, sagte er zögernd. »Es stimmt. Mein Kumpel Martin und ich, wir haben vor, hier zusammen ein Fitnessstudio zu eröffnen. Mit den neuesten Geräten und

allem Schnick und Schnack. Martin hat die Ausbildung und wir haben das Grundstück. Das wird 'ne richtige Goldgrube, glaub mir. Ich könnte mich endlich selbstständig machen!«

Opa Charly schüttelte nur den Kopf. Die Freunde blieben mucksmäuschenstill und hörten aufmerksam zu.

»Wir wollten mit dir über alles sprechen, dir alles erklären«, versuchte Marcel, Opa Charly zu besänftigen. »Und gemeinsam hätten wir bestimmt eine gute Lösung gefunden.«

»Stimmt das, Marion?«, wollte Opa Charly wissen.

»Ja, das stimmt«, sagte Marion ganz ruhig und griff nach Opa Charlys Hand. »Wir hatten uns endlich durchgerungen, dich einzuweihen. Da warst du plötzlich verschwunden. Und dann dieser seltsame Anruf und das fürchterliche Weihnachtslied-Video. Warum denn nur diese fingierte Entführung?«

Opa Charly druckste herum. »Ihr solltet euch ja Sorgen machen. Zugegeben, es war vielleicht etwas übertrieben. Aber ich war so sauer auf euch, dass ich euch eine Lektion erteilen wollte.« Er strich sich wieder über den Rauschebart. »Da kam ich auf die Idee mit der Entführung.«

Also erzählte er Marion und Marcel, wie er mit Yannick und Mirja seine eigene Entführung geplant und durchgeführt hatte. Wo er sich die ganze Zeit über versteckt hatte. Von Yannicks Anruf mit verstellter Stimme. Und wie dieser großartige Plan beim Pinkeln im Gebüsch sein unrühmliches Ende fand.

»Immerhin hat die Aktion von Luc und Harry geklappt«, schloss Opa Charly. »Eine saucoole Idee, übrigens.«

»Wusste ich's doch! Ihr seid die Gruppe Gustav Ganter und habt die Parole am Zaun befestigt. Jetzt wird mir so einiges klar«, schnaubte Marion. »Und diese Typen letzte Nacht? Habt ihr auch mit denen was zu tun?«

Die vier Freunde schauten einander an. »Nein!« Harry schüttelte den Kopf. »Wie schon gesagt, die gehören nicht zu uns.«

Luc räusperte sich und fuhr wie ein echter Kriminalkommissar fort: »Dann berichte ich mal den Stand der Ermittlungen.

Nach unserer Kenntnis handelt es sich um zwei Täter. Einiges deutet darauf hin, dass sie tatsächlich vorhatten, gewaltsam das Gatter zu öffnen. Warum, wissen wir nicht. Jedenfalls hat Gustav sofort Alarm geschlagen und ist auf die Eindringlinge losgegangen. Das habt ihr ja selber gehört in der Nacht.«

»Ganz genau!«, fiel Harry Luc ins Wort. »Gänse sind nämlich viel cleverer als Hunde. Das wussten auch schon die ... gnmmpf.«

Weiter kam er nicht, denn Luc hielt ihm sofort den Mund zu. »Und das wissen jetzt vor allem auch die beiden Dunkelmänner. Wir haben nämlich nicht nur sehr ungewöhnliche Schuhabdrücke entdeckt, sondern auch Blut am Tatort gefunden. Und das waren nicht nur ein paar Tropfen.« Luc zeigte die Fotos auf seinem Handy. »Einer von denen muss sich bei der Flucht vor Gustav also verletzt haben.«

»Und was für Schuhabdrücke waren das?«, fragte Marcel.

»Die gleichen wie oben in der Ruine!«, fügte Mirja aufgeregt hinzu. »Die hat Herr Schulze-Nortmann hinterlassen, als er Opa Charly beim Pinkeln erschreckt hat.« Bei dem Gedanken musste Yannick laut losprusten.

Marcel kratzte sich nachdenklich am Kinn. »Hm, das bringt uns aber nicht weiter. Mit den Dingern laufen nämlich alle Waldarbeiter hier rum. War ein Werbegeschenk vom neuen Landhandel. Zur Eröffnung. Stand groß in der Zeitung.«

»Aber das sind total viele, jetzt, wo die Tannenbäume für den Weihnachtsmarkt geschlagen werden. Wie sollen wir da herausfinden, wer von denen die Täter waren?«, fragte Mirja ratlos.

»Ich fasse mal zusammen«, ergriff wieder Luc das Wort. »Wir haben die Abdrücke dieser Spezialstiefel und wir haben die Blutspuren im Schnee. Jetzt müssen wir nur noch richtig kombinieren, dann wissen wir, wonach wir suchen müssen. Und ich hab auch schon einen Plan, wo wir mit der Suche beginnen!«

Wird Lucs Plan funktionieren?
  Lies morgen weiter!

19. Dezember

Operation *Wilder Weihnachtsmann*

Gustav und sein gefiederter Verein nahmen Opa Charly und die Freunde am Gatter lauthals in Empfang. »So, Opa Charly, da wären wir«, sagte Mirja und öffnete die Tür vom Gartenhaus. Yannick schob den Rollstuhl mit Schwung über die Schwelle.

Eigentlich war Opa Charly ganz froh, wieder in sein gemütliches Gartenhaus zurückzukehren. Aber die Aussprache mit Marion und Marcel ließ ihm keine Ruhe, denn er war kein bisschen schlauer, was nun mit dem Garten und dem Gatter passieren würde. Die Sache mit dem Fitnessstudio war also kein leeres Gerede. Marion und Marcel meinten es tatsächlich ernst. Aber noch etwas anderes bereitete ihm Sorge. Die beiden Gauner könnten noch einmal zurückkehren, um den Anschlag auf das Gatter zu Ende zu bringen. Und jetzt wussten sie ja, dass ein Gänsewüterich sie erwartete, und würden sich dieses Mal nicht so schnell verjagen lassen.

Zum Glück konnte er sich voll und ganz auf die Gruppe Gustav Ganter verlassen. »Ich schlage vor, dass wir jetzt sofort loslegen«, sagte Luc. »Wir müssen unseren Verdächtigen finden, bevor es zu dunkel wird.«

»Aber denkt dran, Leute«, sagte Opa Charly. »Nur beobachten! Alles andere ist Sache der Polizei!« Das war der Plan.

»Klar doch«, beruhigte ihn Harry. »Wenn's brenzlig wird, rufen wir die Kavallerie.«

Von Opa Charlys Grundstück bis zum Kirchplatz dauerte es mit den Fahrrädern nur ein paar Minuten. Gerade schlug es vom Kirchturm zwei Uhr. Dieses Mal kutschierte Luc seinen Cousin Harry im Lastenrad. Schon als sie die Räder abstellten, konnten die vier den schnuckeligen Weihnachtsmarkt mit den lichtergeschmückten Bäumen sehen und sogen den weihnachtlichen Duft von gebrannten Mandeln, Glühwein und Bratwurst tief ein. Dann schoben sie sich an den ersten Holzbuden vorbei zwischen die dicht gedrängten Weihnachtsmarktbesucher. Der Schnee fiel in dicken Flocken und es herrschte die perfekte Weihnachtsstimmung. Das ganze Dorf schien sich hier und heute zu treffen. Wenn die vier Ermittler also eine Chance hatten, dass ihnen ihr Hauptverdächtiger über den Weg liefe, dann hier.

»Hörst du?«, sagte Harry zu seinem Freund aus der Stadt und deutete auf die kleine Musikkapelle, die an ihnen vorbeischlenderte. »Das ist die Walking Band von Habichtsdorf. Saxofon, Akkordeon und fette Tuba, fertig ist die Christmas-Mucke.«

Der Mann mit der Tuba unterbrach sein Spiel. »Wünscht euch was! Heute ist Weihnachtswunschkonzert!«, rief er den Kids zu und blies mit voller Kraft einen Tusch.

»›Süßer die Glocken nie klingen‹«, antwortete Luc, ohne zu zögern.

»Das ist jetzt nicht wahr!« Mirja blickte Luc mit gespielter Empörung an. Dann musste sie lachen. Denn die Version, die jetzt über den Weihnachtsmarkt schallte, entschädigte für Opa Charlys Singsang, bei dem sie fast die Ohren-Pest ereilt hatte.

»Die sind echt cool«, schmunzelte Harry zufrieden. »Und nicht so ein Geseier vom Band wie ›Last Christmas‹ und so.« Harry begann sofort mitzusingen.

»Wisst ihr, was?«, ging Luc dazwischen. »Zur Feier der Festes geb ich 'ne Runde Waffeln aus!«

»Und nach dem Vergnügen ruft die Arbeit. Wir sind schließlich nicht nur zum Spaß hier«, sagte Harry.

»Ich weiß, wo es die besten gibt!« Yannick ging so hungrig voraus, dass die anderen ihm kaum folgen konnten.

Die Weihnachtswaffeln der Habichtsdorfer Landfrauen waren wirklich Weltklasse. Und Luc wunderte sich gar nicht mehr, dass es dort auch Waffeln mit Milchreis gab.

»Hammer!« Harry strich sich über seinen vollen Bauch. »Von mir aus kann Operation *Wilder Weihnachtsmann* starten.«

»Dann spitzt mal alle die Rentierohren«, sagte Luc. Er zeigte allen noch mal die Fotos der Stiefelabdrücke. »Wie wir wissen, trägt Verdächtiger Nummer eins Spezialstiefel wie die von Schulze-Nortmann. Wahrscheinlich auch heute, bei dem Wetter. Außerdem hat er eine Verletzung, achtet also auf einen Verband, ein großes Pflaster oder etwas in der Art.«

Mirja, Yannick und Harry nickten. Der Auftrag war klar.

»Ich schlage vor«, fuhr Luc fort, »wir verteilen uns und nehmen als Erstes den Weihnachtsbaum-Verkaufsstand unter die Lupe. Bleibt immer in Deckung und haltet eure Handys griffbereit. Gebt mir sofort Meldung, wenn ihr etwas Verdächtiges seht. Mein Instinkt sagt mir, der läuft hier irgendwo rum.«

»Shit!«, zischte Harry und durchwühlte hektisch sämtliche Parkataschen. »Mein Handy. Chillt zu Hause am Ladekabel. Hab's heute Morgen in der Eile voll vergessen.«

»Dann bleiben wir zwei in Sichtkontakt.« Luc schüttelte den Kopf. Typisch Harry. »Also, los geht's! Fist Bump!«

Die Gruppe Gustav Ganter tauchte im weihnachtlichen Gewimmel unter.

Der Habichtsdorfer Weihnachtsmarkt hatte alles: Holzspielzeug, Wollsocken, Bienenwachskerzen, Windlichte. Und natürlich jede Menge Imbiss- und Getränkebuden. Und über allem die groovigen Klänge der Walking Band.

Es wurde immer später und die vier Ermittler immer nervöser. Der kleine Kirchplatz füllte sich mehr und mehr, sodass sie mit ihrer Suche kaum vorankamen. Zwar hatte der Schneefall etwas nachgelassen, aber auch ohne den dichten weißen Vorhang waren die Leute in ihren dicken Winterklamotten kaum auseinanderzuhalten. Operation *Wilder Weihnachtsmann* drohte im weihnachtlichen Gewimmel unterzugehen.

Luc wollte den anderen gerade das Kommando zum Abbruch geben, als sein Handy plötzlich wild vibrierte. Videonachricht von Mirja. Der kurze Videoclip war ziemlich verwackelt und dunkel. Am Stehtisch vor einer kleinen Bude stand ein Mann, der offenbar eine Wurst aß und dazu einen Glühwein trank. Nichts Ungewöhnliches auf einem Weihnachtsmarkt. Aber Lucs scharfer Kriminalistenblick hatte das Wesentliche sofort erfasst. Er gab Harry ein Zeichen, der sich aus dem Schatten der Kirche löste und zu Luc hinüberrannte.

»Hat Mirja gerade geschickt.« Luc hielt Harry das Handy hin und startete das Video erneut. »Schau dir das an!«

Harry kniff die Augen zusammen und blickte angestrengt auf das Display. »Da steht einer und isst 'ne Wurst oder so. Und jetzt nimmt er einen Schluck aus der Tasse. Und?«

»Reib dir mal den Puderzucker aus den Augen, Knecht Ruprecht«, sagte Luc eindringlich. »Schau noch mal genau hin.« Jetzt erkannte auch Harry, worauf sein detektivischer Freund hinauswollte.

»Wow. Der benutzt ja nur die rechte Hand!«

»Klingen bei dir endlich die Glocken?« Luc wurde immer aufgeregter. »Ganz genau! Er stellt immer erst den Glühweinbecher ab, bevor er wieder ein Stück Currywurst aufspießt.« Er stoppte das Video und zoomte einen Bildausschnitt näher heran. »Und da – siehst du auch, warum.« In der Vergrößerung sahen sie verpixelt, aber deutlich genug: Die linke Hand des Mannes steckte in einem weißen Etwas, das verdammt nach einem dicken Verband aussah.

Dann schob Luc das Foto ein Stück nach oben. »Und Bingo: *Schnittnix 2000*. An diesen Stiefeln beißt sich vielleicht jede Kettensäge die Zähne aus. Aber garantiert nicht die Gruppe Gustav Ganter.«

Luc drückte auf Mirjas Nummer. »Genial, Mirja! Wenn das nicht unser Mann ist, heiß ich Rudi das ratlose Rentier. Wo steckst du jetzt?«, wollte Luc sofort wissen. »Alles klar! Wir sind unterwegs! Und sag Yannick Bescheid!«

Wer ist der Verdächtige?
Lies morgen weiter!

20. Dezember

Gruppe Gustav Ganter observiert

Der Bratwurststand, an dem Mirja den Mann mit der verbundenen Hand entdeckt hatte, lag genau auf der gegenüberliegenden Seite der Kirche. Luc und Harry bahnten sich ihren Weg zwischen den Weihnachtsmarktbesuchern hindurch. Dabei hätten sie beinahe einen Nikolaus mit einem Bauchladen voll gebrannter Mandeln umgerannt.

Mirja erwartete sie schon ungeduldig und winkte ihnen aufgeregt mit beiden Armen zu. »Da seid ihr ja endlich, ich hatte schon Sorge, der Typ würde abhauen, bevor ihr kommt.«

Luc zog Mirja hinter eine der Holzhütten. »Komm mal lieber in Deckung, du fällst sonst auf wie ein Christbaum in Festbeleuchtung.«

Harry spähte ihnen über die Schulter. »Sieht aber nicht so aus, als wollte er bald aufbrechen.« Er wies mit dem Kinn in Richtung des Stehtisches, an den sich jetzt ein weiterer Mann gestellt hatte. Auch seine Füße steckten in den *Schnittnix 2000*. Die beiden Männer diskutierten heftig. Der zweite schlug dem ersten immer wieder kameradschaftlich auf die Schulter, dabei schwappte munter Glühwein aus dessen Tasse.

»Ich fress einen Adventskranz, wenn das nicht der zweite Ganove ist«, sagte Yannick, der inzwischen zu ihnen gestoßen war.

Mirja trat von einem Fuß auf den anderen. »Leute, ich frier mir den Hintern ab. Wenn wir noch länger hier rumstehen, hole ich mir einen heißen Kakao.«

Doch wie auf das Stichwort flüsterte Luc. »Achtung!«

Gerade hatte der Mann mit der verbundenen Hand den letzten Schluck hinuntergekippt und trug den leeren Becher zum Glühweinstand. Der zweite verabschiedete sich.

»Ich glaube, dem hefte ich mich mal an die Fersen«, zischte Yannick voller Tatendrang und wollte schon hinterher.

Doch Luc hielt ihn zurück. »Wir wissen doch gar nicht, ob er wirklich der zweite Ganove ist. Besser, wir bleiben an dem mit dem Verband dran. Achtung, er macht sich auf den Weg. Wir dürfen ihn in dem Gewusel hier nicht aus dem Blick verlieren.«

Und natürlich schlenderte prompt in dem Moment die Walking Band an ihnen vorbei. Die umstehenden Weihnachtsmarktbesucher drängten nach vorne und begannen, rhythmisch zu klatschen und mitzusingen. »Jingle bells, jingle bells …« Dann fingen auch noch ein paar Übereifrige an zu johlen und rissen die Arme in die Höhe, sodass die Sicht auf den Waldarbeiter schließlich komplett versperrt war.

»Verdammt!«, fluchte Luc. »Ich nehm die Verfolgung auf, holt ihr schon mal die Räder!«, rief er und warf sich zwischen den Musikern hindurch auf die andere Seite der Budengasse. Die Tuba dröhnte ihm dabei einen so fetten Baßton direkt ins Ohr, dass er fast taub wurde. »Ouaho!«, stöhnte Luc und schlug sich mit der flachen Hand aufs Ohr. Das nannte man wohl vollen Körpereinsatz bei der Verfolgung Tatverdächtiger.

Aber jetzt hatte er den Mann wieder im Blick. Der kam zum Glück nicht so schnell voran. Er war ein grobschlächtiger Typ, und als er das Menschengewimmel hinter sich gelassen hatte, pflügten seine Riesenfüße in großen Schritten durch den tiefen Schnee.

Luc machte sich bei der Observierung nahezu unsichtbar. Er hielt sich dicht hinter dem Mann, hüpfte aber wie ein Schneehase immer wieder hinter Büsche und Hecken. Hoffentlich beeilen sich die anderen, dachte er, als ihm klar wurde, auf welches Ziel der Verdächtige zusteuerte. Luc flüsterte eine Nachricht an Yannick. »Parkplatz Friedhof! Haut rein!«

»Aye-Aye! Äh, ho-ho!«, lautete Yannicks Antwort.

Voller Sorge beobachtete Luc, wie sich der Mann in einem kleinen mausgrauen Fiat schon der Ausfahrt näherte. Wenn der erst mal losfährt, war's das mit der Verfolgung, dachte er. Und während er überlegte, wie dieser große Typ sich überhaupt in

das winzige Auto quetschen konnte, bremste auch schon das Lastenfahrrad neben ihm. »Kleine Spritztour im Schneepflug, Sher-Luc?« Harry klopfte einladend auf die Transportbox.

»Harry fährt den Wagen vor!«, lachte Luc. Er sprang hinein und wies seinem Chauffeur mit ausgestrecktem Arm die Richtung. »Da drüben! Der Zwergen-Fiat!«

Der Mann hatte arge Probleme, von der Stelle zu kommen. Die kleinen Räder drehten im Schnee durch und der Wagen rutschte wie eine betrunkene Maus immer wieder seitlich weg.

»Bestimmt klemmt der da hinter dem Steuer wie in einem Autoscooter«, kicherte Yannick.

Endlich griffen die Räder und der Fiat kämpfte sich langsam vorwärts. Innerhalb des Ortes lag der Schnee inzwischen in einer dicken pappigen Schicht auf der Straße. Die Gustav-Ganter-Fahrrad-Eskorte folgte ihm in sicherem Abstand. Am meisten hatte Mirja mit ihrem Hollandrad zu kämpfen.

»Hoffentlich fährt der nicht bis zum Nordpol«, stöhnte sie.

Doch das Mäuse-Auto wühlte sich nur bis zum Ortsrand durch den Schnee und blieb vor einer protzigen Villa stehen. Vor dem riesigen Haus hinter dem modernen Edelstahlzaun wirkte das winzige Auto seltsam fehl am Platze.

Die vier Ermittler gingen auf der anderen Straßenseite hinter einem Lieferwagen in Deckung.

»Klotzig & Klotzig – Immobilien und Finanzierung«, las Harry vor. Das große Firmenschild stand mitten im Vorgarten, durch den jetzt die Spuren der *Schnittnix 2000* zur Eingangstür führten. Der Mann klingelte. Ein schlanker Typ in sportlich-schicker Montur und mit perfekt getrimmtem Kinnbart öffnete ihm so schnell, als hätte er ihn bereits erwartet. Er begrüßte den Mann mit Handschlag und zog ihn ins Haus.

»Alles im Kasten?«, fragte Luc.

»Klar doch«, antwortete Mirja und steckte das Handy wieder in die Jackentasche. »Die wichtigste Szene lass ich mir doch nicht entgehen!«

»Damit wäre die Observierung wohl für heute beendet«, stellte Luc fest. »Und wir sind wieder ein Stück schlauer.«

»Wird auch Zeit.« Yannick tippte auf seine Armbanduhr. Es war inzwischen dunkel geworden. »Ihr wisst ja: Bevor unsere Eltern misstrauisch werden.«

Harry grinste. »Und das Kennzeichen von dem Auto kann man sich auch leicht merken. LH–123, wie Luc und Harry.«

Als die beiden nach Hause kamen, wurden sie schon von Harrys Vater an der Haustür erwartet. »Mein lieber Sohn, wozu hast du überhaupt ein Handy, wenn du es nicht mitnimmst? Ich hab versucht, dich anzurufen, und wo klingelt's? In deinem Zimmer. Den ganzen Tag nichts von euch gehört. Ihr seid ja schon im Morgengrauen abgehauen. Wo wart ihr überhaupt?«

»Jetzt sind wir ja wieder da«, sagte Harry und schlenkerte mit Armen und Beinen. »Und noch alles dran.«

»Wir waren im Wald«, versuchte Luc abzulenken. »Rehe beobachten. War toll. Und danach haben wir uns auf dem Weihnachtsmarkt verquatscht. Sorry.« Er setzte seine beste Unschuldsmiene auf. »Übrigens: Sagt dir der Name *Klotzig* was?«

»Klotzig?« Georg zog die Augenbrauen hoch. »Das ist der Immobilien-Fuzzi, der sich hier ein Haus nach dem anderen unter den Nagel reißt. Latius & Spekmann mussten ihren Laden schließen, weil sie die Miete nicht mehr zahlen konnten, die der verlangt hat. Jetzt eröffnet da bald 'ne Bäckereikette eine Filiale. Wieso fragst du?«

Luc schmunzelte. Sein Täuschungsmanöver hatte geklappt und sie hatten eine wichtige Information mehr.

»Aber jetzt ab mit euch an den Tisch«, sagte Harrys Vater. »Es gibt süßen Reisauflauf.«

»Sind denn vielleicht auch noch welche von den Frikadellen übrig?«, fragte Luc.

Hat Klotzig tatsächlich die Finger im Spiel?
Lies morgen weiter!

21. Dezember

Ein folgenschwerer Fehler

Nach dem Abendessen checkte Harry seine Textnachrichten. »Mirja hat geschrieben«, flüsterte er Luc zu. »Wir müssen noch mal zu Opa Charly rüber. Lagebesprechung.«

Luc hob den Daumen. »Auf jeden Fall. Schließlich müssen wir ja noch die Puzzleteile zusammenstecken, die wir gefunden haben.«

Harry und Luc schlüpften in ihre Jacken und Harry hielt seinem Vater demonstrativ das Smartphone unter die Nase. »Wir sind noch mal kurz bei Yannick und Mirja, Papa. Keine Sorge, diesmal habe ich mein Handy dabei.«

Georg Kattner räumte gerade das Geschirr in die Spülmaschine und nickte bloß. »In Ordnung«, brummte er zustimmend. »Aber lasst es nicht zu spät werden. Klar?«

Gerade als sie zur Tür rauswollten, rief Kerstin Kattner ihnen nach: »Sagt mal, habt ihr eigentlich mal was von Opa Charly gehört?«

Harry blieb kurz stehen. »Ja, haben wir … und …«

Aber da hatte Luc ihn schon am Ärmel zur Tür hinausgezogen. »Erzählen wir dir später, Tante Kerstin!«, rief er ihr über die Schulter zu. »Das würde jetzt echt zu lange dauern.«

Bei Opa Charlys Haus war alles ruhig. Nur leises Gackern drang aus dem Hühnerstall, in den sich die Tiere zurückgezogen hatten. Nicht mal Gustav Ganter streckte seinen Hals heraus, um zu gucken, wer da gekommen war. Wenn das die ollen Römer sähen, dachte Harry und schüttelte schmunzelnd den Kopf.

Luc und er hatten keine Ahnung, wie Opa Charly es vom Rollstuhl aus geschafft hatte, so einen fabelhaften Punsch zu zaubern. Aber als sie in sein Haus traten, wehte ihnen der herrliche Duft von Zimt und Holunderbeeren entgegen. Yannick und Mirja saßen schon mit Opa Charly in der bequemen Couchecke und nippten an dem dampfenden Getränk.

»Yannick und Mirja haben mir gerade von eurer Observierung berichtet«, sagte Opa Charly zur Begrüßung. Er schob sich ein dünnes Kratzhändchen aus Bambus von oben in den Gips. »Verdammt, das juckt vielleicht.«

Harry und Luc pfefferten ihre Jacken in die Ecke, ließen sich auf dem weichen Sofa nieder und nahmen sich von dem herrlich heißen Punsch.

»Ja, und mein Dad sagt, dass dieser Klotzig ein ziemlich harter Geschäftsmann ist. So richtig leiden kann den im Ort hier keiner«, erklärte Harry.

Opa Charlys Gesichtsausdruck schwankte zwischen nachdenklich und wütend. »Ich weiß, was für ein mieser Typ das ist. Würde mich nicht wundern, wenn der auch jetzt seine Finger im Spiel hätte. Wird Zeit, dass Marcel uns noch ein paar Fragen beantwortet.«

Mirja hatte schon ihr Handy gezückt. Sie hatte ja Marions Nummer eingespeichert. Wenig später klopfte es an der Tür. Als Marcel und Marion in die Wohnstube traten, herrschte ein seltsames Schweigen. Yannick nahm vorsichtig einen Schluck Punsch, trotzdem klang das Schlürfen so laut, dass es den ganzen Raum füllte.

»Kommt rein und setzt euch«, durchbrach Opa Charly die ätzende Stille. »Nehmt euch Tassen aus dem Schrank und dann probiert erst mal meinen Punsch. Spezialrezept mit extraviel Zimt. Ist gut für die Nerven. Hab ich gehört.«

Marion und Marcel setzten sich und so schloss sich der Kreis um den niedrigen Tisch in Opa Charlys Stube.

»Es gibt Neuigkeiten«, begann Opa Charly. »Unsere vier Detektive hier haben eine heiße Spur entdeckt, die sie von unseren nächtlichen Besuchern durch knietiefen Schnee und diverse Gehirnwindungen zu *Immobilien Klotzig* geführt hat. Wenn der in der Sache mit drinsteckt, schmeckt mir das gar nicht.«

»Dafür schmeckt mir dein Punsch umso besser«, versuchte Marcel, die Stimmung aufzulockern und Opa Charlys Bemerkung einfach wegzulächeln. »Aber es stimmt. Wir haben das Fitnessstudio mit Hannes Klotzig geplant«, erklärte er weiter. »Marion und ich haben den Grund und Boden, mein Kumpel Martin hat das Know-how als Sportlehrer, aber wir brauchen einen Kooperationspartner, der sich rund ums Bauen auskennt und die nötige Kohle mitbringt.«

»Und was er uns vorgeschlagen hatte, klang wirklich gut«, ergänzte Marion und nickte Marcel dabei zu. »Oder?«

»So ein Gauner, wie alle sagen, ist er nicht. Sonst hätten wir uns auf den Deal doch gar nicht erst eingelassen«, sagte Marcel.

»Dann habt ihr mit eurer Einschätzung aber ganz schwer danebengelegen.« Opa Charly rieb sich nachdenklich die Stirn. »Die beiden Typen, die sich vorletzte Nacht am Gatter rumgetrieben haben, scheinen für ihn zu arbeiten. Das haben Yannick, Mirja, Luc und Harry herausgefunden.«

Marion und Marcel blickten mit weit aufgerissenen Augen in die Runde. »So ein Unsinn«, sagten sie beinahe gleichzeitig. »Habt ihr dafür Beweise?«

»Die haben wir«, sagte Luc und wandte sich an Mirja. »Zeig ihnen dein Video und die Fotos von Klotzigs Villa.«

Die Ergebnisse der ersten Spurensicherung der Gruppe Gustav Ganter kannten Marcel und Marion ja bereits. Aber was ihnen da jetzt präsentiert wurde, ließ sie immer blasser werden. Die verbundene Hand, die Blutspuren am Gatter, die Waldarbeiterstiefel, die Abdrücke im Schnee und schließlich die Aufnahmen auf dem Weihnachtsmarkt und vor der Villa – das alles passte zusammen wie Knecht und Ruprecht.

»Ich fass das nicht.« Marion hielt sich die Hände vor den Mund. »Und wenn Klotzig mit denen unter einer Decke steckt? Dann hat er diese seltsame Nachtaktion womöglich sogar geplant.« Marcel schüttelte den Kopf.

»Schöne Bescherung«, murmelte Yannick und fand seine Bemerkung wegen Weihnachten ziemlich witzig. Warum lachte bloß niemand?

»Aber was, zum Teufel, wollten die zwei Ganoven denn überhaupt da am Gatter?« Marcel war aufgesprungen. Es war ihm anzusehen, dass die Gedanken in seinem Kopf zu kreisen begannen. Hatte er womöglich schon eine Ahnung?

»Das wird die Polizei herausfinden«, sagte Harry. »Da vertraue ich ganz auf Herrn Kalinke und seine Kavallerie.«

»Und die werden wir jetzt sofort informieren«, sagte Opa Charly.

Opa Charly wählte die private Telefonnummer des Polizeimeisters. Die Polizeiwache in der Kreisstadt anzurufen, würde jetzt nur unnötig Zeit kosten.

»Süßer dein Telefon nie klingelt!«, sang Opa Charly ungehemmt, als sich am anderen Ende der Leitung sein alter Freund meldete. »Nein, Kalinke«, sagte er laut und deutlich in das Handy. »Hier spricht nicht der Weihnachtsmann.«

Opa Charly strich sich grinsend über den Rauschebart, während sich der Polizeimeister lautstark darüber aufregte, dass seine stille Nacht so abrupt gestört wurde.

»Hör zu, Ganovenschreck, wir haben hier in der Sache Hausfriedensbruch, in der du ermittelst, extrem wichtige Hinweise, denen du dringend nachgehen solltest.«

Aufgeregt verfolgten Luc und die Detektive das Gespräch, von der beruhigenden Wirkung des Zimts keine Spur. Endlich kam die Polizei ins Spiel. Und das nur, weil die Gruppe Gustav Ganter die ganze Zeit den richtigen Riecher hatte.

»Nein, Herr Oberpolizeihauptwachtmeister!«, sagte Opa Charly auf einmal mit harscher Stimme. »Das kann auf gar keinen Fall bis morgen warten! Ja, und ich erzähle dir dann auch, wo ich die letzten Tage gesteckt hab.«

Liegen die vier Freunde richtig mit ihrem Verdacht?
Lies morgen weiter!

22. Dezember

Ein Gauner gesteht

Den Fahrer des kleinen Fiats musste Wachtmeister Kalinke gar nicht erst über das Melderegister ermitteln lassen. Harrys Beschreibung »großer Waldarbeiter mit einem kleinen grauen Mäuseauto« und Mirjas Beweismittel reichten ihm schon, um zu wissen, um wen es sich handelte.

»Hartmut Linker.« Polizeimeister Kalinke kratzte sich nachdenklich am Kinn. »Eigentlich ein ganz harmloser Typ, aber ich könnte mir schon vorstellen, dass er sich auch zu Dummheiten verführen lässt, wenn was für ihn rausspringt.«

Auch Kalinke hatte sich einen Becher von dem leckeren Fruchtpunsch gegönnt, wenn er sich schon an seinem wohlverdienten Feierabend noch zu Opa Charly bemühte. Er hatte sich aufmerksam angehört, was die Freunde zu berichten hatten, und eifrig Notizen in ein kleines Buch gekritzelt.

»Gute Arbeit«, lobte er und räusperte sich. »Ich muss schon sagen, gute Arbeit. Unsereiner war ja auch mehr mit dem Sicherheitsdienst für den Weihnachtsmarkt beschäftigt.« Opa Charlys Bericht über seine vorgetäuschte Entführung kommentierte er dann immer wieder mit einem Kopfschütteln. »Mensch, Karl, was du so auf deine alten Tage noch anstellst, alle Achtung! Aber so richtig richtig war das nicht, was du dir da ausgedacht hast, woll?« Er suchte Marions Blick, die ihm mit einem heftigen Kopfnicken beipflichtete.

»Aber belassen wir es dabei. Die Vermisstenmeldung kann dann in den Papierkorb.« Etwas schwerfällig erhob sich Polizeimeister Kalinke schließlich aus dem Sofa und klappte das Büchlein zu. »Und den Hartmut, den werde ich direkt mal einer ausführlichen Vernehmung unterziehen. Bin gespannt, was uns der Bursche zu erzählen hat.«

Als der Dorfpolizist zu seinem Dienstfahrzeug zurückging,

hörten sie nun auch Gustav laut und aufgeregt schnattern, als wollte er ihm sagen: »Knöpf dir den Typen richtig vor. Ich hab da schon Vorarbeit geleistet. Und schönen Gruß von mir!«

Opa Charly klatschte in die Hände. »So, der alte Mann ist müde. Es war ein anstrengender Tag. Ehrlich gesagt, freue ich mich auf mein warmes Bett.«

»Apropos«, sagte Yannick. »Wir holen dann morgen noch dein Zelt vom Buchenberg und suchen noch mal nach dem Handy.«

Einer nach dem anderen klatschten sie Opa Charly ab.

Marcel nickte ihnen zu und hob den Daumen.

Am nächsten Morgen – die Dunkelheit stand noch wie eine schwarze Wand vor dem Fenster – kreischte Slade schon wieder in aller Frühe ihr »Merry Xmas« durch Harrys Zimmer. Harry schleppte sich total verpennt zu seinem Handy. Der Anruf dauerte nur eine Minute. Aber dann war er plötzlich hellwach.

Er packte Luc bei den Schultern und schüttelte ihn. »Kollege Holmes! Einsatz! Notfall!«

»Boah, was iss'n jetzt wieder?«, stöhnte Luc. Er versuchte, sich die Decke über den Kopf zu ziehen, aber Harry kannte keine Gnade und riss sie ihm weg. »Los, wir werden gebraucht, die Rentiere scharren schon mit den Hufen.«

In kurzen Sätzen erklärte Harry Luc, was Mirja ihm gerade am Telefon erzählt hatte. Polizeimeister Kalinke hatte Opa Charly noch am Abend angerufen. Hartmut Linker hatte den nächtlichen Angriff auf das Gatter gestanden. Klotzig hatte ihm und seinem Kumpel Geld dafür geboten, »das blöde Federvieh« mal so richtig aufzumischen und ein für alle Mal in alle Windrichtungen zu vertreiben. Dieser Garten mit seiner idiotischen Bauernhofromantik würde seinen Plänen bloß im Weg stehen.

Schlaftrunken setzte Luc sich auf und tastete blinzelnd nach seinen Jeans. »Na, zum Glück hat Gustav Ganter denen ja einen fetten Strich durch die Rechnung gemacht.«

Harry reichte Luc seine dicken Wollsocken, die er mit spitzen Fingern von der Heizung gefischt hatte.

Luc hob den Daumen. »Aber was ich nicht checke: Warum müssen wir jetzt so Hals über Kopf aufbrechen? So 'ne Nikolausmütze voll Schlaf könnten meine müden Knochen gut noch gebrauchen.«

Harry suchte hektisch nach seinem Hoodie. »Das Problem ist: Marcel hat das alles mitgekriegt und ist danach regelrecht an die Decke gegangen. Der kam gar nicht mehr klar und war plötzlich total sauer auf Klotzig. Als Marion dann heute Morgen aufgewacht ist, war Marcel weg. Und jetzt hat sie Angst, dass der irgendwelche Dummheiten macht.«

»Verflixt. Ich kann mir schon denken, was er vorhat.«

Harry nickte. »Wir sollten zusehen, dass wir jetzt ganz schnell zu Klotzigs Villa kommen.«

Die beiden schnappten sich ihre Jacken und schossen zur Haustür hinaus.

»Erst müssen wir mit dem Rentierschlitten bei Opa Charly vorbei«, sagte Harry, als sie das Lastenrad zur Straße schoben. »Der will unbedingt mit.«

Mirja und Yannick hatten Opa Charly schon mit dem Rollstuhl bis zur Straße bugsiert.

»Ho-ho-hoo! Da kommt ja mein Taxi!«, rief er und zwinkerte Yannick zu. »Nichts für ungut, Yannick. Aber lass diesmal lieber den Harry fahren.«

»Hä?«, machte Yannick. »Warum das denn?«

»Darum«, knurrte Opa Charly. Luc, Harry und Mirja kicherten und prusteten los.

Sie wuppten Opa Charly in die Box, wo er es unter einer dicken Wolldecke sogar ziemlich warm und bequem hatte.

Also trat Harry in die Pedale, während seine Freunde wieder rechts und links mit anpackten.

»Marion ist vorhin einfach losgefahren«, sagte Opa Charly. »Die Gute war völlig durch den Wind und ist gar nicht auf die Idee gekommen, mich mitzunehmen. Vielleicht auch besser so. Auf euch ist wenigstens Verlass.«

Harry zwinkerte Luc zu. Das fühlte sich gut an. Aber irgendwie hatte Opa Charly ja auch recht.

»Gruppe Gustav Ganter im Anflug!«, schnaufte Yannick.

»Wir müssen Marcel davon abhalten, irgendwelchen Murks zu machen!«, rief Opa Charly. »Hoffentlich ist es noch nicht zu spät. Wusstet ihr, dass er früher mal geboxt hat? Verdammt, dass ich auch so gehandicapt bin mit meinem blöden Fuß!«

Mirja wurde es etwas mulmig. »Vielleicht hätten wir besser auch Polizeimeister Kalinke Bescheid sagen sollen.«

»Hab ich schon«, knurrte Opa Charly. »Sofort, nachdem Marion völlig hysterisch bei mir aufgekreuzt ist. Ich konnte ihm aber nur auf seine Dingsdabumsda quatschen.«

»Du meinst auf die Mailbox?«, fragte Mirja.

»Ja«, bestätigte Opa Charly. »Ich dachte, es ist besser, wenn nur Kalinke kommt. Sonst weiß wieder gleich ganz Habichtsdorf Bescheid. Hoffe nur, er hört das Maildings auch ab.«

Als sie in die Straße einbogen, in der Klotzigs Villa lag, schien auf den ersten Blick alles friedlich.

Harry ließ das Lastenrad vorsichtig ausrollen und klappte leise die Stütze aus. Jetzt bloß keinen Lärm machen. Die Kids und Opa Charly spitzten die rot gefrorenen Ohren und lauschten.

Noch war die Dämmerung nicht angebrochen und die Häuser lagen verschneit im Morgenschlaf, bedeckt vom fahlen Licht der Straßenlaternen. Marions Auto stand vor der Hauseinfahrt und glänzte im Schnee wie eine rote Weihnachtskugel. Nur das Licht einer überdimensionalen Weihnachtslaterne flackerte im Eingang von Klotzigs Haus nervös im Luftzug.

Plötzlich durchbrach ein lautes Krachen die Stille. Wütende Stimmen drangen schneidend durch die kalte Luft.

»Das kam von der Rückseite!«, rief Yannick und spurtete los.

Kommt es jetzt zum Riesenkrach?
Lies morgen weiter!

23. Dezember

Einsatz für Kalinke

»Yannick! Bleib hier! Keine Alleingänge!«, rief Harry seinem Freund hinterher. Aber da war der schon hinter einer riesigen Hecke aus dem Blickfeld verschwunden.

»Yannick! Der Typ macht mich noch wahnsinnig«, schimpfte Mirja leise. »Bis wieder einer heult.«

»Ich lauf ihm nach! Behaltet ihr die Vorderseite im Auge!« Luc schob sich die Wollmütze tiefer in die Stirn und folgte Yannicks Spuren hinter das Haus. Er hörte nun deutlich die Stimmen von Marcel und Marion und von Klotzig, der immer wieder Schimpftiraden abschoss.

»Die haben sich ja richtig lieb«, flüsterte Luc Yannick ins Ohr und ging neben ihm an der Hauswand in Deckung.

»Weihnachten, das Fest der Liebe.« Yannick und seine Weihnachtskalauer, dachte Luc nur.

Klotzig stand breitbeinig in der geöffneten Terrassentür und fuchtelte drohend mit der Faust. »Mach, dass du verschwindest, Marcel!«

»Du mieser Ganove!«, warf Marcel wütend zurück. »Das ist kriminell, was du da abziehst! Da hätte sonst was passieren können! Und das alles auf Kosten eines alten Mannes. Kommst du ansatzweise klar? Das hatten wir so nicht abgemacht!« Mit voller Wucht trat er vor einen Stapel Terrassenstühle, der krachend umstürzte.

»Marcel! Hör auf damit! Das bringt doch nichts!« Marion zerrte an Marcels Arm wie ein Terrier an einem Hosenbein.

»Das ist Hausfriedensbruch!« Klotzig hatte das Telefon schon in der Hand. »Ich ruf die Polizei!«

»Ich finde auch, dass die sich langsam blicken lassen sollte«, zischte Luc. »Komm, wir verziehen uns besser, bevor uns irgendwelches Gestühl um die Ohren fliegt.«

Zwei Streifenwagen mit schrillen Sirenen rauschten heran und bogen schlitternd um die Kurve in die Straße zu Klotzigs Villa. Die Polizeiautos blieben vor der Einfahrt im knirschenden Schnee stehen und schleuderten ihre blauen Blitze in die schlafende Siedlung. Die Türen wurden aufgestoßen. Kalinke und zwei Kollegen stiegen aus.

»Da bist ja endlich«, begrüßte ihn Opa Charly ungeduldig.

»Is ja gut. Hab mich sofort auf den Weg gemacht, als ich deine Nachricht abgehört hatte!« Kalinke wirkte leicht gereizt.

Yannick und Luc waren von ihrer Erkundung zurückgekehrt und berichteten nun, was sie hinterm Haus beobachtet hatten.

»Herr Klotzig telefoniert übrigens gerade mit der Polizei. Sie kommen also endlich mal wie gerufen, Herr Kalinke!« Spaßvogel Yannick war tatsächlich wieder groß in Form.

»Auch mal schön!« Polizeimeister Kalinke verzog den Mund zu einem schiefen Lächeln und nickte den beiden zu. Dann gab er den Kollegen ein Zeichen: »Ihr lauft ums Haus herum und sichert die Rückseite und den Garten!« Er selbst bewegte sich mit großen Schritten über den vereisten Kiesweg auf die Haustür zu.

»Polizei! Öffnen Sie die Tür!« Kalinke schlug mit der flachen Hand gegen die schwere Edelstahltür. Im nächsten Augenblick wurde die Tür aufgerissen. Der Wintermorgen tastete sich zögernd zwischen den Häusern hindurch. Die Handschellen glitzerten in den ersten Sonnenstrahlen, als Klotzig von den Beamten zum Auto geführt wurde. Marcel und Marion waren außen ums Haus herumgegangen und standen nun neben Opa Charly und seinen vier Freunden.

»Das wird ein Nachspiel haben, Marcel!«, grollte Klotzig und warf dabei einen bösen Blick über die Schulter. Speicheltröpfen glänzten in seinem Hipster-Bart. »Das sag ich dir! Das gibt eine fette Anzeige wegen Hausfriedensbruchs und Sachbeschädigung!«

»Jetzt beruhigen wir uns erst mal, Herr Klotzig«, redete Poli-

zeimeister Kalinke auf ihn ein. »Auch das werden wir alles auf der Wache klären.«

Aber Klotzig wütete weiter in Marcels und Opa Charlys Richtung: »Ihr habt ja gar keine Ahnung, was euch da durch die Lappen geht! Was man aus so einem Sahnegrundstück rausholen kann! Das ist bester Baugrund, mitten im Dorf, der ist ein Vermögen wert! Und ihr lasst da dieses blöde Federvieh drauf rumpicken! Kein Mensch braucht diesen Streichelzoo!«

Sogar als die Beamten Klotzig auf den Rücksitz geschoben und die Autotür geschlossen hatten, zeterte der Immobilienmakler noch weiter.

Luc, Harry, Yannick und Mirja standen bei Opa Charly und sahen zu, wie der erste Streifenwagen langsam zurücksetzte. Bevor er in sein Auto einstieg, wandte sich Polizeimeister Kalinke an Marcel. »Wir beide müssen uns auch noch unterhalten. Um die Anzeige wirst du nicht herumkommen. So viel ist sicher«, sagte er mit eindringlichem Ton. »Nur gut, dass es nicht auch noch zu 'ner Prügelei gekommen ist.«

Kalinke setzte sich ins Auto und folgte den Kollegen zur Polizeiwache. Erst als der Wagen in die Hauptstraße abgebogen war und wieder weihnachtliche Stille herrschte, bemerkten Luc und seine Freunde die Nachbarn, die hinter den Fenstern gestanden hatten und nun hastig die Vorhänge zuzogen.

Opa Charly räusperte sich lautstark und blickte Marcel ernst an: »Wir hatten schon befürchtet, du würdest deinen berühmten rechten Haken auspacken.«

»Es hat auch nicht viel gefehlt, das könnt ihr mir glauben. Zum Glück hat Marion Schlimmeres verhindert. Ihr könnt euch nicht vorstellen, wie wütend ich auf diesen hinterhältigen Typen bin.«

»Doch, das können wir«, sagte Mirja. »Auf mich wirkte er jetzt auch nicht wirklich sympathisch.«

»Ich würde sagen: Fängt mit K an und hört mit otzbrocken auf«, ergänzte Harry.

Luc knuffte ihn in die Seite: »Sie bringen es wie immer auf den Punkt, Watson!«

»Weißt du, Opa Charly«, sagte Marcel, »der Auslauf sollte ja gar nicht weg. Ich hab Klotzig von Anfang an gesagt: Solange du da deine Gänse und Hühner hältst, ist der unantastbar. Ich weiß ja, wie sehr du an deinen Tieren hängst.«

»Das kannst du wohl laut sagen«, unterbrach ihn Opa Charly. »In dem Stall ist Gustav Ganter geschlüpft, das ist quasi seine Kinderstube oder besser: Kükenstube. Da hat er schnattern gelernt.« Dabei ahmte er mit der Hand Gustavs schnatternden Schnabel nach.

»Aber so Typen wie Klotzig kriegen den Hals wohl nie voll. Der dachte sich: Wenn die Tiere erst mal weg sind, erledigt sich das Problem von selbst. Damit er das Studio gleich noch drei Nummern größer bauen kann«, sagte Marcel niedergeschlagen.

»Wahrscheinlich mit extrabreiten Parkplätzen für extrabreite Kunden mit extrabreiten SUVs und extrabreitem Portemonnaie.« Luc tippte sich mit dem Zeigefinger an die Schläfe.

»Also hat er seine Gorillas losgeschickt, um das Gatter aufzubrechen«, fuhr Marcel fort. »Sei froh, dass du deinen Gustav hast.«

»Und wir haben dem Typen geglaubt.« Marion war den Tränen nah. Sie beugte sich zu ihrem Großvater und nahm ihn fest in die Arme. »Das tut mir alles so schrecklich leid, Opa Charly!«, schluchzte sie leise. »Das ist alles unser Fehler!«

»Sagen wir mal: Das Timing war nicht optimal. Eures und meins übrigens auch«, versuchte Opa Charly, sie zu trösten. »Zum Glück kann man aus Fehlern auch lernen. Vorausgesetzt, man strengt seine grauen Zellen etwas an. Und das sollten wir mal zügig tun. Ist ja schließlich fast Weihnachten, Zeit für Überraschungen!«

Welche Überraschung hat sich Opa Charly ausgedacht?
Lies morgen weiter!

24. Dezember

Die besondere Bescherung

Gustav Ganter thronte auf Opa Charlys Schoß und kündigte laut schnatternd ihr Kommen auf dem Weihnachtsmarkt an. Opa Charly hatte die ganze Meute zu heißem Punsch und Waffeln eingeladen. Und Gustav durfte natürlich mit. Wer wusste schon, wie dieser Fall ohne den mutigen Gänserich ausgegangen wäre?

Mit Gustav Ganter in ihrer Mitte zogen sie viele neugierige und belustigte Blicke auf sich. Yannick hatte ihm ein kleines Pappschild um den Hals gehängt: *Nein, ich bin keine Weihnachtsgans!*

Auch Schulze-Nortmann kam kurz von seinem Weihnachtsbaum-Verkaufsstand herübergehuscht. Er streckte schon die Hand aus, um Opa Charly auf die Schulter zu klopfen, traute sich dann aber doch nicht. Gustavs harter Schnabel sah einfach zu bedrohlich aus! »Mensch, Karl, wie geht's? Hab gehört, es gab mächtig Zoff mit Klotzig?«

Opa Charly seufzte. War ja klar, dass die Geschichte in Habichtsdorf schon die Runde gemacht hatte.

»Aber wer eckt mit dem Typen nicht an, was?«, plapperte Schulze-Nortmann weiter. »Ich muss dann auch mal wieder rüber! Tschüssi!« Und schon war er wieder weg.

»Und jetzt mal Butter bei die Fische«, sagte Harry mampfend. Er war inzwischen bei der dritten Waffel mit heißen Kirschen. »Was hast du gestern gemeint mit ›Zeit für Überraschungen‹?«

Nachdenklich strich Opa Charly dem Ganter über das weiße Gefieder. Gustav schloss trotz des Trubels genüsslich die Augen. Dann schaute Opa Charly Marcel an. »Na ja, ich weiß ja, dass du dich immer schon selbstständig machen wolltest. Und ich glaube, ich hab da was gutzumachen. Außerdem hat mich der Klotzig selbst auf eine Idee gebracht.«

»Da bin ich aber mal neugierig, ob ich gespannt bin«, sagte Yannick mit einer Wolke Puderzucker um den Mund.

Mirja zeigte ihm einen Vogel.

»Martin und du, ihr braucht doch jetzt einen neuen Partner. Warum sollte der nicht Karl Merx heißen?« Opa Charly lächelte verschmitzt.

»Was, bitte?«, fragte Mirja, die bisher nur Bahnhof verstand. »Und auf welche Idee hat Klotzig dich gebracht?«

»Er hat's doch sozusagen rausgebrüllt, erinnert ihr euch?«, fragte Opa Charly. »*Kein Mensch braucht diesen Streichelzoo!* Genau das hat er gesagt. Wisst ihr, was *ich* euch sage? Doch! Genau das brauchen die Habichtsdorfer: einen Streichelzoo!«

Alle schauten Opa Charly an, während Gustav an dessen Nase knabberte: »Gack!« Marcel sagte erst einmal gar nichts, sondern drehte seinen Becher zwischen den Handflächen. Opa Charly machte es spannend.

Für Marion offenbar zu spannend: »Opa, wärst du jetzt bitte so lieb und würdest uns verraten, worauf du hinauswillst?«

»Okay, ich denke, wir sollten das eine tun und das andere nicht lassen«, beendete Opa Charly schließlich das Ratespiel. »Ich habe ein bisschen Geld auf die Seite gelegt. Ich könnte also als Partner einspringen. Du sollst dein Fitnessstudio haben, nur vielleicht nicht in Klotzigs wahnwitziger XXL-Version. Und richtig cool wäre, wenn Marion daneben ein kleines Café eröffnet. Und das Coolste überhaupt: nebenan Opa Charlys Streichelzoo! Gustav könnte seine Kunststücke zeigen und wird Streichelzoochef. Na ja, ich vielleicht auch ein bisschen.«

Yannick, Mirja, Harry und Luc klatschten laut Applaus. Gustav Ganter schnatterte ein großartiges Chef-Schnattern. Nur Marion und Marcel standen mit offenem Mund da und sagten kein Wort.

»Bäm!«, rief Harry. »Geht doch! Und die Security hast du auch schon, Opa Charly. Gustav und seine gefiederten Gefährten!«

»Schon klar, wie damals bei den alten Römern«, sagte Luc.

Mirja verdrehte schon die Augen, aber Harry nahm Lucs Steilvorlage direkt auf.

»Genau! Da haben die Gallier Rom überfallen. Sie haben sich nachts so leise angeschlichen, dass die Wachhunde das verpennt haben. Nicht mit uns, dachten die Gänse, die da in der Stadt rumliefen. Sie haben so laut Alarm geschlagen, dass …«

Der Schluss seiner Gänse-und-Gallier-Geschichte wurde verschluckt. Von Akkordeon, Saxofon und Tuba der Habichtsdorfer Walking Band. Und dem Schnattern eines Gänserichs, der sich dabei mächtig aufplusterte. Da war auch Opa Charly nicht mehr zu bremsen. »Sü-hüßer die Glocken nie kli-hing-en …!«

Alle anderen hielten sich die Ohren zu und warteten, bis die kleine Musikkapelle weitergezogen war.

»Ich bin schon richtig gut«, japste Opa Charly. »Findet ihr nicht auch?« Mirja schaute ihm tief in die Augen und deutete ein zartes Kopfschütteln an.

»Als neuen Partner finden wir dich besser!«, sagte Marion erleichtert. Klotzig war raus aus dem Spiel und der Vorschlag von Opa Charly wurde ihnen immer sympathischer.

»Opa Charly's Streichelzoo ist schon mal gebongt«, fand Marcel. »Jetzt brauchen wir noch schicke Namen für das Studio und für Marions Café.«

»So was wie Muckis by Marcel oder 5M: Marcel macht müde Muckis munter!« Yannick hatte wieder seine dollen fünf Minuten.

»Ich seh schon«, Marcel legte Yannick die Hand auf die Schulter. »Yannick macht für uns die Werbung! Was meinst du, Gustav?« Der blickte ihn stumm mit seinen dunklen Gänseaugen an. Und dann – steckte er demonstrativ den Kopf unter den Flügel.

»Hab schon verstanden«, sagte Yannick und spielte den Beleidigten. Aber dann musste er selber lachen.

»Ihr seid echt 'ne schräge Truppe«, sagte Luc und wischte sich die Lachtränen aus den Augen. »Und ich würde mit euch gerne noch drei, vier Runden über den Weihnachtsmarkt drehen und noch fünf, sechs Waffeln verdrücken. Aber ich muss noch meine sieben Sachen packen und um acht zum Zug.«

»Wir bringen dich hin!«, entschied Opa Charly. »Ist doch klar!«

Nachdem Luc sich von Harrys Eltern verabschiedet hatte, machten sich die beiden Freunde auf den Weg zum Bahnhof. Die anderen warteten schon auf dem Bahnsteig. Mirja, Yannick, Marcel, Marion und Opa Charly – alle nahmen Luc nacheinander in den Arm.

»Vielen Dank, Luc, für die tolle Detektivarbeit!«, sagte Opa Charly. »Auch in Gustavs Namen. Du hast jederzeit freien Eintritt im Streichelzoo.«

»Im Café und im Fitnessstudio natürlich auch«, schlossen sich Marcel und Marion an.

Der Zug wartete mit brummendem Diesel im Gleis. Luc stieg ein und blieb an der offenen Zugtür stehen: »Advent-Wochenende mit der Gruppe Gustav Ganter: immer eine Reise wert!«

»Genau, also komm bald wieder, Alter«, sagte Harry.

»Frohe Weihnachten!«, riefen alle und winkten mit bunten Handschuhen.

»Frohe Weihnachten!«, rief Luc zurück. Die Zugtür glitt zischend zu und die Regionalbahn fuhr langsam an. Luc setzte sich auf einen Fensterplatz und blickte hinaus auf die verschneiten Häuser und Gärten von Habichtsdorf. Das waren wirklich abenteuerliche Tage! Luc ließ seine Gedanken durch die dunkle Schneelandschaft wandern. Hinauf zur alten Ruine auf dem Buchenberg. Zum Haus vom Nikolaus, zu Opa Charly in seinem Zelt. Und plötzlich sah er: ein tanzendes Licht in der Dunkelheit. Das bildest du dir ein.

Dachte Luc.

Jo Pestum

Drei Weihnachts-Lamas in Gefahr
Ein Weihnachtskrimi in 24 Kapiteln

Kurz vor den Weihnachtsferien entdecken Danny, Paul, Jana und Fatma drei entlaufene Lamas. Rasch machen die Freunde die Besitzerin der Tiere ausfindig, doch die scheint etwas vor ihnen zu verbergen. Noch dazu deuten alle Anzeichen darauf hin, dass in den Stall der Lamas eingebrochen wurde. Hängt das etwa mit der vorweihnachtlichen Diebstahlserie zusammen, die in der Stadt für Aufruhr sorgt? Die vier Detektive fangen an zu ermitteln, doch dann sind die Lamas plötzlich verschwunden. Gelingt es ihnen, das Geheimnis rechtzeitig zum Weihnachtsfest zu lüften?

200 Seiten • Gebunden • Mit perforierten Seiten zum Aufschneiden
ISBN 978-3-401-60525-8 • www.arena-verlag.de

Jo Pestum

Spuk in der Weihnachtswerkstatt
Ein Weihnachtskrimi in 24 Kapiteln

Kurz vor Weihnachten lernen die beiden Hobbydetektive Leon und Phil die gleichaltrige Sophie und ihren Hund Irina kennen. Sophie lebt mit ihrer Familie in einem alten, umgebauten Schulhaus. Doch irgendwas geht dort nicht mit rechten Dingen zu. Versucht jemand, Sophie und ihrer Familie Angst zu machen und sie zu vertreiben oder spukt es wirklich im Schulhaus? Die Detektive machen sich sofort daran, den gespenstischen Fall zu lösen. Ihre Ermittlungen führen die Freunde auf den Weihnachtsmarkt, in den verschneiten Wald und schließlich in einen Geheimgang unterhalb der alten Schule. Können sie das Rätsel lösen?

200 Seiten • Gebunden • Mit perforierten Seiten zum Aufschneiden
ISBN 978-3-401-60464-0 • www.arena-verlag.de

Jo Pestum

Die Christbaumräuber
Ein Weihnachtskrimi in 24 Kapiteln

Aladin und Paul haben einen genialen Plan ausgeheckt. Sie wollen einen Christbaum „besorgen" – natürlich für einen guten Zweck. Doch leider werden die beiden Langfinger bei ihrem nächtlichen Fichtenraub beobachtet. Und nur ein paar Tage später wird Aladin von einem Unbekannten ganz gemein erpresst. Gemeinsam beginnen sie zu ermitteln – und kommen einer fiesen Bande auf die Spur …

200 Seiten • Klappenbroschur • Mit perforierten Seiten zum Aufschneiden
ISBN 978-3-401-06759-9 • www.arena-verlag.de